彼女たちはヤバい

加藤　元

JN018312

集英社文庫

目次

彼女たちは
ヤバい

序　章

今日のお客は、飯塚《いいづか》アヤという女性だった。

「私、この駅で降りたのは、はじめてなんです」

飯塚アヤは、いくぶん緊張しているようだった。

「そうかもしれませんね。観光地でもないですし、特別な用事でもない限り、あまり足を向けない町でしょう」

初対面、初回のお客。まずは世間話から入っていく。お決まりの流れである。

「地下鉄の階段を上がったら、大きなお寺の裏に出て、びっくりしました」

「そうそう、やたらと古くてでかいんですよ、あのお寺」

「何てお寺なんですか」

「H寺です」

「聞いたことがあります。有名ですよね」

「それはC区にあるH寺の方ですね。あちらは観光地としても名が知られていますが、こちらはただの地元のお寺です」

「でも、系列は一緒なんでしょう」

系列って、チェーン店みたいな扱いだな。

「同じ宗派でのれん分けしたみたいな感じなんじゃないですか」

力いっぱい適当な説明。寺の関係者が聞いたら眉をひそめそうだ。いや、それとも笑い出すかな。

「こちらのお店も、ずいぶん古いんですね」

飯塚アヤが周囲に視線をめぐらせた。

「お店に着いたとき、昔ながらの喫茶店だなあって、ちょっと感動しました」

「いかにも昭和って雰囲気でしょう」

四角いガラスのはまった木の扉。カウンター五席と四人掛けボックス二つ。全体がコーヒー色に染まったようなオーク材の内装。

昭和の昔から何十年ものあいだ、変わらない風景だ。

「サラ先生のお店なんですか」

苦笑が洩《も》れた。

「先生はやめてください」

でも、悪くはない。サラ先生。気に入った。

「祖父の代からのお店です。今は母親が経営しています」

サラ先生、は占い師だ。大きな寺の裏にある喫茶店の娘として育ち、占い師になった。学生時代にバックパッカーとして海外の街をあちこち旅して歩き、インドへ行ったときに占いと出会った。うんと単純化すればそういう流れである。母親は娘の占いを信じていた。インターネットを通じてお客さんがぽつぽつとつき出したとき、店の一角を使ったらどうかと言ってくれた。

むろん、そんなことは、飯塚アヤにとってはどうでもいい話だろう。興味があるのは、サラ先生の境遇ではない。自分自身のことだ。だから一週間以上前にサラ先生のホームページから予約のメールを送ってよこし、こうして知らない町に足を運んで来たのだ。

「そうそう、なにか飲みますか？」

言うと、飯塚アヤは卓上に置かれたスタンド式のメニューを手に取った。

「はい」

ひとりごちて、考え込む。

「なににしよう」

早く本題に入りたいだろうに、とサラ先生は思った。一時間、限られた時間しかないのだし、占い料は一万五千円。決して安くない額である。

しかし、多くもないメニューから飲みものを選ぶのさえ、飯塚アヤは速断しようとはしない。

性格なのだろう。

飯塚アヤの生年月日と出生時間および出生地は、予約時にあらかじめ伝えられていた。それに応じて個人の星図を割り出し、性格を導き出す。

飯塚アヤの性格は、慎重、である。思いつきで行動する、ということがない。きっと、サラ先生に占ってもらうのだって、インターネット上を丹念に検索し評判を確認し、慎重な考慮のすえに決定したに違いないのだ。

やがて、飯塚アヤはメニューから視線を上げた。

「アイスココア」

決然と言いきる。サラ先生は溜息《ためいき》をつきそうになる。

それ、選んじゃった？　うちのおかあさん、コーヒーは気合いを入れて淹《い》れるのに、ココアは有名メーカーの粉を溶くだけなんだけどな。

が、本人の選択である。サラ先生はカウンターの向こうで所在なげにしていた母親に声をかけた。

「アイスココアと、私はコーヒー、ホットでお願い」

母親は小さく頷《うなず》いて支度をはじめた。

「では」

サラ先生は飯塚アヤの前に一枚の紙を出してみせた。

「こちらがアヤさんの星図です」

飯塚アヤは眼《め》をまるくした。

「うお座？　私、生まれたの七月ですよ？」

「西洋占星術とは星座の出し方が違うんです。ひとりひとり、星はみんな違う。出生地も重要な要素です。時刻によっても変わります」

「はあ」

飯塚アヤはまんまるな眼で、食い入るように紙を見ている。

「現在のあなたの場合、活動の室に火星が入っていて、変遷の室に土星と水星が入っています」

「ははあ」

「読み取れたあなたの性格や恋愛傾向、金銭と健康はここにメモしておきました」

サラ先生は紙を裏返した。

「性格。慎重。なにごとについても熟慮のすえ行動に移す。当たっています」

「そうですか」

が、熟慮の結果、間違った行動をとることが少なくない。そこまで読めたのだが、メモには書かなかった。お客に見せるためのメモではマイナス部分はなるべく省くことにしている。

「お待たせしました」

母親がアイスココアとコーヒーを運んできた。サラ先生は内心、舌打ちをした。ここだよ、アヤさん。熟慮の結果、間違った。アイスココア、見るからに薄そうだ。コーヒーの方がぜったいおいしいのに。

「迷いが多いが、いったん決めると、引き返さない。当たっています」

飯塚アヤは深々と頷きながらメモを読み上げる。

「争いは好まず、波風を立てないよう、つねに周囲に気を遣う。しかし不正や不誠実は受け入れない。当たっています。すごい」

「そうですか」

サラ先生は熱いコーヒーを啜《すす》り上げた。

こうと決めたら融通が利かず、引き返せない。ふだんは意見も言わないでやり過ごしているが、気に食わないことが起こると誰の声にも耳を貸さなくなる。とは書けなかったからね。

「恋愛」

飯塚アヤは次の項目に進んだ。

「引っ込み思案で積極性に欠ける。押しに弱い。恋多きタイプではなく、ひとたび好きになったら一途《いちず》に相手を想《おも》う。当たっていますか」

「そうですか」

コーヒーを飲みつつ、サラ先生はお客を観察する。飯塚アヤは三十六歳の独身女性だ。サラ先生とほぼ同世代である。グレーのシフォンブラウスにゆったりした紺のパンツという地味な服装で、化粧も控えめ。職業は歯科医院の受付事務だという。水曜日の午後三時。勤務先が休診日なのか、それとも有休をとってここへ来たのだろうか。

「どちらかといえば晩婚。相手にとって誠実な良きパートナーとなる。家庭や家族を愛する」

飯塚アヤの声が熱を帯びている。

「当たっている、と思いたいですね、このあたり」

アヤさん、恋愛中かな。仕事や人間関係の悩みもなくはないだろうけど、本丸はやはり恋愛か。

「金銭。堅実でしまり屋。貯蓄が得意」

飯塚アヤは読みすすめる。

「健康。首から上の血管に注意。あ、怖いな」

「思い当たりますか？」

「私じゃないんですけど、このあいだ父親が軽い脳卒中を起こしました。私と父親、体質がわりと似ているんです」

「気をつけた方がいいですね」

「はい、気をつけます」

飯塚アヤはサラ先生をまじまじと見返した。

「びっくりした。こんなに当たるものなんですね」

「そうですか」

言われると、ほっと安堵《あんど》する。よかった。

占い師として仕事をはじめてからも、インド占星術の勉強はこつこつ続けている。自分の「仕事」を信じてはいるが、それでも「当たっていない」と反応されることはある。占断の方法は変わらないのに、なぜかそうなってしまう。

なにが違うのか、どこに間違いがあるのか。

ひとつの原因として、生年月日そのものが違っている場合もある。サラ先生の親世代では、それも珍しくはない。昔は出生届もかなりルーズだったらしい。

「そうでしょう」

ともあれ、お客には自信たっぷりに返すのが最良である。

「アヤさんの全体像は以上ですが、特に占いたいことはありますか」

飯塚アヤは呼吸を止め、ゆっくりと吐き出した。

「あるひととの、恋愛を」

やっぱりそうだった。

「わかりました。その男性の生年月日をここに書いてください」


店にお客が入って来て、飯塚アヤとサラ先生の方をちらりと見てから、カウンター席に腰を下ろした。

「神林《かんばやし》さん、いらっしゃいませ」

母親が声を張り上げた。古くからの常連客で、母親と仲がいい、八十五歳のおばあさんだった。

「コーヒーでいいですね？」

麻のベレー帽をかぶったお洒落《しゃれ》な神林さんは、サラ先生の仕事を知っているから、こちらを気にしないふりをしてくれる。足腰は達者だが、耳が遠い。なにを話しても問題はない。


「これです」

飯塚アヤが紙に書いた生年月日は、彼女の年齢よりだいぶ上だった。二十歳以上違う。

飯塚アヤを占ったような細かい星図は作らなくとも、現時点で明らかにわかる。占いに来るだけあって、大いに事情あり。

「こちらで見てみましょう」

サラ先生はカードを差し出した。

「タロットカードですか？」

「西洋式のものとは異なりますが、そのようなものです」

サラ先生はカードをシャッフルし、テーブルの上に五枚、裏にして並べていった。

あれ？

指先が止まりかけた。

記憶に、なにかが引っかかる。

この男の生年月日、前にも見た気がする。

「お待たせしました。神林さん」

仕方がないことだが、神林さん対応のため、母親の声がでかい。

「神林さん、最近、膝の具合はどうですか」

しかし、生年月日の一致くらいの偶然は、普通に起こりうることだ。サラ先生自身、同じ誕生日の人間は、小学生のころの同じクラスと、高校時代にアルバイトをしたコンビニエンスストアにいた。

そう、珍しいことではない。

「彼氏は」

サラ先生は右端のカードを表に向けた。赤ん坊を抱いた母親の絵。

「甘え上手でしょう」

「わかりますか」

「だいぶ年齢は上だけど、彼氏はアヤさんに甘えきっていますね」

「当たっています」

「ありのまま自分をさらけ出している。子どものままのひとなんですね」

「そのとおりです」

飯塚アヤは大きく頷いた。

「中身はね。でも」

サラ先生は二枚目のカードを表に返した。虎の親子が描かれている。

「でも」

続く言葉を飲み込んだ。

虎の母親と、子虎が三頭。

でも、奥さんと子どもがいる。

「既婚者ですね」

飯塚アヤは無言で頷き返した。

「離婚はしているかもしれませんが、結婚の過去はある」

「二度、結婚をしたらしいです」

「らしい？」

「今は、ほかの女性と暮らしています。籍は入れていないって言っていますけど」

「ははあ」

おさかんなことで。歎声《たんせい》を上げそうになるのを、サラ先生はかろうじてこらえた。若くもない。いい年齢《とし》のおっさんなのに、だいぶすごいな、この男。

「次を見ましょう」

真ん中のカードをめくる。ぼろをまとった老人の絵。サラ先生はふたたび既視感にとらわれた。

「彼氏はお金持ちじゃないですね」

前にも、同じカードを開いた。同じ言葉を告げた。

それも、そんなに以前の出来事じゃない。一年、いや、半年以内かもしれない。

「貧乏です」

飯塚アヤが唇をへの字に曲げてみせた。

「だからといって、私が貢いでいるとか、お金をせびられるとかではないんですよ。一緒にごはんを食べに行けば、ごちそうしてくれます」

「はいはい」

だけど、行き先はチェーンの牛丼屋だったりラーメン屋だったりするわけね？

サラ先生は、はっとした。

なぜわかるって？


「神林さんはまだまだお丈夫ですよう」

母親が大きな声で話している。

「駄目駄目駄目、もうね、耳なんか本当にね。ついているだけ。ぼろぼろなんだからね」

神林さんの声も相応に大きい。

「そりゃね、耳はね、少しくらいは聞こえにくくなっているでしょうけど」

わかる。以前も占ったから、知っているのだ。

「次は、飯塚さんと彼氏の、近い未来です」

黒い空を切り裂く、稲妻のカード。

「大きな変化が起きるようですね」

「変化？」

飯塚アヤが不安げな声を出す。

「よくない卦《け》なんですか」

いいとは言えまい。おそらくは、別れだ。それも、相手から切り出される別れ。

「カードが示唆しているのは、あくまでもひとつの変化です。これまでの二人の関係が好ましい状況ではなかったとしたら、変化が起こるのは悪いことではありません」

サラ先生は、飯塚アヤの表情を観察しつつ、言葉を選んでいる。

二人の仲がうまくいっていたら、占いに来るはずはないのだ。好転させたいからこそ、飯塚アヤはこうしてこの場にいるのだ。

「重要なのは、あなたにとって、いい答えかどうかです」

別れ。いい答えとは言えまい。数年後にはよかったと言える答えでも、現時点では受け入れがたいに決まっている。

苦しいな。

「判断するのはアヤさんご自身ですからね」

サラ先生は言葉を濁すしかなかった。

「その、変化が起こることは、避けられないんですか」

飯塚アヤは深く眉を寄せている。

「変化は起きます。カードではそう出ていますね」

「今までどおりってわけにはいかない。やっぱりそうなんだ」

飯塚アヤは稲妻のカードを睨《にら》んだ。

あ。

間違いない。サラ先生は確信した。

同じだ。

飯塚アヤの表情が、以前に占ったお客と重なった。

同じ男だ。

ちょっと前、一年以内に、サラ先生は同じ男を占ったことがあるのだ。

「もうね、いつお迎えが来ても不思議じゃないんだからね。毎朝毎朝、あらまだ生きている、って驚きますよ」

はっはっは、と神林さんが豪快に笑っている。

「まだまだ大丈夫ですよ、お元気じゃないですか」

母親も笑いながら受け流している。

「あんまり長々と生きすぎてもね。子どもたちだってくたびれてきているしね。まだ死なないのか、さっさとくたばれ、なんて思われてもねえ」

「そんなこと思いませんよ、神林さん」


「アヤさん」

サラ先生は、訊《き》いていた。

「アヤさんは、どうして私に占いを依頼しようと思ったんですか?」

飯塚アヤの眉が少し動いた。

「知人からの紹介です。サラ先生はよく当たるって聞いたの。本当でした」

その「知人」とは、誰なのか。

飯塚アヤから聞き出すことはできるだろうか。サラ先生の直感は、やめておいた方が無難だと告げている。

どこか、あやしい。きな臭い。

サラ先生の占いには、リピーターもいるし、一回限りのお客もいる。みな、そのときどきの悩みを抱え、解決に似たものを得て、店を出ていく。いずれにせよ、占ったお客のデータは残してある。とはいえ、お客の多くは、住所もわからない。職業もわからない。名前は偽名かもしれない。サラ先生が持っているデータは、メールアドレスと生年月日と出生時間、出生地だけである。

たぶん、飯塚アヤの「知人」はリピーターではあるまい。一回限りのお客だろうと、サラ先生は考えた。

「このカード、最後の一枚では、なにがわかるんですか」

飯塚アヤが低く問いかけた。

「二人の関係の、最終的な運命です」

「怖いな」

飯塚アヤが口もとを歪《ゆが》めて笑った。

「見たくない気がします」

「でも、カードで見える未来も運命も、刻々と変わりますからね。たとえば三ヵ月後には、また違う未来と運命が見えるはずです」

「運命って、変えられるんですか」

「変えられますし、変わります」

「変えたいな」

飯塚アヤの声が、さらに低くなった。

「アヤさんさえその気になれば、変えられますよ」

サラ先生はカードを表に返した。

「でもねえ、このあいだ、歩いていたら、自動車にぶつかりかけてね」

「危なかったですね。怪我《けが》はなかったですか、神林さん。気をつけてくださいよ」

「運転していた男に、死にてえのかばばあ、ひき殺すぞ、って怒鳴られてね」

「ひどい男ねえ」


カードの絵は、牛の頭蓋骨だった。

「よくない意味ですか。そうなんですね？」

サラ先生は懸命に言葉を探した。

「彼と別れるべきなんでしょうか、サラ先生？」

飯塚アヤは、サラ先生の顔を覗《のぞ》き込んだ。

「本当のことを言うと、私、彼を殺したいとさえ考えたこともあるんです」

「でも、殺さなかったでしょう？」

「今のところは」

「殺しちゃ駄目ですよ」

サラ先生は真剣に言う。飯塚アヤは頬をゆるめた。

「生きていてくれた方がおもしろいんです。今のところは」

カードの意味は、死。

第一章

一

「起きている？」

とん、とん、と、弱々しいノックの音。

「マリちゃん？」

立野《たての》マリは眼を開けた。

三十年ものあいだ、見慣れた天井。薄汚れた夏用カーテンの隙間から日が差している。

ゆうべも、いつまでスマートフォンの画面を見つめていたのだろうか。いつの間にか寝落ち、夜は明けていた。

眠る前は、いつもと同じ。真夜中過ぎまで、だらだらとあいつのＳＮＳを見ていた。中学や高校の仲間とまだつるんでいる、あいつ。結婚して五年、四歳の娘を持つ、しあわせいっぱい自慢の日々を送るあいつ。

まるきり変わっちゃいないんだ、あのころと。

「マリちゃん」

世界って、どうしてこんなにも不公平なんだろう。ぐるぐるめぐる、いつもの苦み。眼を閉じてもなかなか寝つけなくて、ようやく眠りについたのは四時をまわってからだろう。いや、窓の外、カーテンの向こうは、そろそろ明けつつあったかもしれない。すると、五時過ぎだったかな。

いずれにせよ、寝不足であることに違いはない。

「時間よ、マリちゃん」

何時？

枕もとを手で探る。まず、眼鏡だ。視力は左右ともに0・1。眼鏡がなければなにも見えない。必需品。そのくせ大事には扱っていないので、いくぶん歪んできているフレームに指先が触れる。レンズを無造作につまみ上げる。指紋べったり。が、気にしない。どうせすでに皮脂で曇っているのだ。眼鏡を装着。電気スタンドの横に置いてあるスマートフォンを手に取る。

午前九時を少し過ぎたところ。

あれ、昨夜、八時四十五分に設定した目覚ましアラームをオンにしておいたつもりだけど、おかしいな、鳴らなかった。寝ぼけて切ってしまったのか。

今日は木曜日。アルバイトのある日だ。八時四十五分に起きたかった。そうすれば、少しは余裕を持って身支度ができただろうに。

「マリちゃん」

ドアの向こうから、甘ったるい声が繰り返す。

「起きているの？　マリちゃん」

うるせえな。

声を荒らげそうになるのを、咽喉《のど》で止める。九時を過ぎても寝ているようならノックをして起こせ。そう母親に命じたのは、マリ自身だ。

「起きた」

不機嫌な声で応じる。

「よかった。なにか食べていく？」

うるせえ。朝は食べないと言っているだろ。カロリーは摂《と》りたくないんだよ。少しでも体重を落としたいんだ。

朝は食べない。そこまでしか母親には言っていない。理由を説明しようものなら、いかにも心配していますという反応をされるのが眼に見えている。

ダイエット？　だったら朝はきちんと食べないといけないわ。お野菜を中心にすればいいのよ。ママが工夫してあげる。

伝えた意志はひとつだけだ。食べない。それだけのことが、母親の耳にはぜったいに届かない。甘い声でご機嫌を取るふりをしながら、マリの望みはことごとく無視する。昔から、ずっと、こうなんだ。

うっとうしいんだよ。

「要らないの？　コーヒー淹れておく？」

いちいちうるせえ。うんざりする。

返事をしないでいると、母親はさらにやさしい声で続けた。

「あのね、お手紙が来ていたわよ」

お手紙？

眉根に深く寄せていた皺《しわ》がついゆるんだ。

手紙、なんて、めずらしい。なにかの間違いじゃないか。どこの誰からだろう。

「渡して」

マリは低い声で言った。

「ドアを開けてちょうだい」

厭《いや》だ。

ベッドと机と椅子と本棚。小学生のころから変わらない、六畳の部屋。ここだけがマリの安心できる空間、城なのだ。

ベッドも机も椅子も古びた。マリも、もう小学生じゃない。母親にずかずか踏み込んでこられたくはない。

そう、甘い声に騙《だま》されやしない。小学生じゃないんだ。

「ドアの下の隙間から入れて」

聞こえよがしな溜息ののち、ドアの前の床に白い封筒がすべり込んできた。

「コーヒー、淹れておくからね」

飲む、なんて、誰が言った？

けっきょく自分のしたいようにするだけだろう。私がどう答えようとね？

母親がドアの前から立ち去る気配を待ってから、マリはのろのろと起き上がって封筒を手に取った。

立野マリさま。

小学生が書いたみたいな、ぎこちなく四角張った字で書かれた宛名。確かに自分宛てではある。

封筒を裏返すと、見知らぬ女の名前が記されている。

西森《にしもり》ユカ。

住所はない。ただ、その四つの文字だけ。

知らない。だれ？

マリは首をひねった。

西森なんてやつ、記憶にない。やっぱり間違いじゃないの？

そうか、あいつみたいに、結婚をして姓が変わったとか？　昔のクラスメートに、ユカなんて子、いたかな。考えてから、マリは皮肉な薄笑いを浮かべていた。

いや、そもそも、小学校、中学校、高校。かつての同級生で、つき合いのある友人などいない。ずっと、ずうっと、嫌われてばかり、嫌ってばかりだった。

立野マリには友だちがいない。

立野マリは、ひとりぼっちだ。レンズのぶ厚い眼鏡をかけて、ふとっていて、性格も暗くて、変人だからね。

立野マリは、誰からも、好かれない。

他人とは違う。普通の子たちとは違う。だから、好かれない。

そう、あいつとは違うんだ。可愛《かわい》くて、みんなから好かれていた横山《よこやま》ことみ。脇田惇《わきたあつ》也《なり》という男にも好かれて、現在は脇田ことみという名前になっているあいつ。あやたん、という呼び名の娘がいて、N市のタワーマンションの十五階に住んでいるあいつ。

人生は不公平だ。

現在も、そして、過去も。

西森ユカは、そんな過去のなかの誰かなんだろうか。だとしたら、断じて味方ではない。敵だ。

一年半前、コンビニエンスストアでアルバイトをしていたとき、声をかけてきた端本《はしもと》早香《さやか》みたいにね。

立野ちゃんじゃない、こんなところで働いているの？

高校を卒業して十年以上も経《た》つのに、あの時代と同じなれなれしさで、マリを見下して笑っていた。

へえ、こんなところで働いていたんだ。

繰り返し、言った。

いらっしゃいませとか、ありがとうございますとか、ちゃんと言っているんだ。笑える。

それが、いかにもおもしろくてたまらないことのように、にやにやしながら、続けた。

からあげを揚げたり、おでんを作ったりもしているの？　笑える。

笑える？

いらっしゃいませ。ありがとうございます。毎日の業務。どの要素が、あんたを笑わせるの？

わからない。しかし、あのころ、あいつらは、いつだってそうやってマリを笑っていた。

また、笑う気なのだ。まだ、笑うつもりでいるのだ。

その後の一週間、出勤している毎日が苦痛だった。

店の入口の自動扉が開くたび、びくついた。端本早香が来たのかもしれない。あいつらを引き連れて、マリを嘲りに来たのかもしれない。

一週間後、マリはコンビニエンスストアの店長に、辞めます、と告げていた。

あいつら。マリが働いている。それだけのことを笑いものにする屑《くず》連中。そして、いまだにあいつらに怯《おび》えている、立野マリ。

マリは、手紙の封を切りかけて、ためらった。

差出人は、ひょっとしたら、小学校のころの同級生じゃないか。あのころはまだ友だちがいないことはなかった。あきちゃんとか、家にも遊びに行ったな。でも、あきちゃんは公立の中学校に行ってしまって、それきりだ。年賀状も、二、三年は届いていたけれど、いつしかぱったり来なくなった。

マリが通ったのは、中学高校とエスカレーター式の私立、N女子学院である。行きたかったわけではない。昔はいいご家庭の女の子しか行けないようなハイクラスな学校でね。ママも行きたかったの。マリちゃんに夢を叶《かな》えてほしい。行きなさいと命じたのは母親だ。ママの夢、のため塾へ行って勉強をして、受験をして合格してしまった。地元の中学へ通った方がよかった。そこでなら。いや、そこでだって友だちはできなかったかもしれないけれど、少なくともあいつらには会わなくて済んだ。

それに、公立なら、あいつらとは高校受験で離れることだってできたじゃないか。エスカレーター式の私立校。マリには逃げ場がなかった。

そうじゃない。逃げたい、とは願ったのだ。だけど、母親が許してくれなかった。

転校したい？　いけません。せっかく入ったN女子学院なのよ。人間関係なんて、どこへ行ってもつきまとうものでしょう。厭なことから逃げちゃ駄目。踏みとどまって戦わなくちゃ。

わかった風な、お説教。母親は、マリの訴えなど、聞いてはくれなかった。

マリは、封筒の裏に書かれた四文字を見つめていた。

西森ユカ。

知らない。まったく思い当たらない。なにかの間違い。ひょっとしたら、宗教の勧誘だったりするのかも。

どうせ、ろくな用件ではなかろう。今日はアルバイトの日。外へ出て仕事をしなくてはならない。一日は長い。寝不足だし、悪い記憶に苛《さいな》まれたせいか、すでにちょっと疲れている。

謎の手紙、気になる。けれど、好奇心よりは不安、というより恐怖が勝る。

考え込んでいる時間はない。出かけなければならない。アルバイトは木曜日と土日の週三回。だからなんとか続けられている。

コンビニエンスストアのときも、週三日勤務だった。その前のアルバイトも、たいがいは週三回しか働かないようにしていた。世のなかの多くのひとたちのように、週五日働くなど、マリにはできない。外に出て、他人と接するのはひどく疲れる。今日も外へ出て働くのだ。疲れなければならないのだ。出だしから落ち込みたくはない。

マリは、椅子の背にかけた通勤用の布バッグに、白い封筒を抛《ほう》りこんだ。あとで読もう。あとで。

奥のダイニングからは、コーヒーの香りが強く漂ってきている。

洗面所で洗顔。部屋に戻って部屋着から外出着に着替える。とはいえ、部屋着も外出着も、似たような長袖のTシャツにストレッチ入りのパンツ。大差はない。

机の上に鏡を置く。眼鏡を外す。顔面に日焼け止めを塗りこんで安いパウダーを叩《たた》きこんで、ふたたび眼鏡をかける。眉毛をちょちょっと描いて、口紅を塗った。雑だ。そして、たぶんうまくない。けど、これでもずいぶん、外見を気にするようになっている。

体重も落としたい。見ためを良くしたい。

このところ、マリには、ほんの少しずつ、欲が出ている。

＊

玄関のドアを閉めても、コーヒーの香りは、エレベーターホールまでしつこく追ってきた。

あなたをこんなに想ってあげているのよ、という香り。自己満足の香り。

エレベーターで一階へ降り、エントランスを抜けて、マンションの外へ出る。入口脇の植え込みには、いつの間にか彼岸花が咲いている。

首筋に、じりじりと焦げつくような強さで日が当たる。暦は秋になっているのに、太陽はまだまだ夏のままの気分でいるらしい。

二

アルバイト先は、『てっぱん』という名のお好み焼き屋だ。一フロア一テナントの、小さな雑居ビルの一階にある。

十一時に出勤。マリの仕事は、レジ業務。およびホール業務の補助。同僚は左右田《そうだ》さんという女性。厨房《ちゅうぼう》には、ケンさんという男性がいる。この男が店長だ。

「おはよ」

左右田さんが会釈をする。

「……はようございます」

マリはもごもごと返す。

＊

左右田さんは、七十歳くらいだろうか。マリの母親より齢上《としうえ》に見える。それなのに週五日、マリよりも働いている。

ホールは左右田さんが仕切る。三十平米あるかないか。鉄板付きの四人掛けテーブルが四つの、狭い店だ。マリは基本、入口扉脇に置かれたレジの前から動かない。ときどき左右田さんが苛立《いらだ》った声をかける。

「立野さん、お客さんをお願い」

言われない限り、マリは動かない。レジはきちんとやっているんだから、いいじゃないか。ホールは左右田さんの仕事だもの。手伝ってほしければその都度お願いしますと頼めばいい。言われなきゃわからないよ。

そうしているうち、左右田さんはめったに「立野さん、お願い」を言わなくなった。それでいい。やるべきことはやっている。あとはあんたの領分だ。

繁華街にあるせいか、土日は混む。しかし、木曜日は暇だ。土日も暇ならもっといいのに、とマリは思う。

お客なんか、なるべく来ないでいい。来るな。なぜ来る？　お客さえ来なければ長く続けられそうなアルバイトなのに。

前職のコンビニエンスストアも、暇な店だった。大通りから一本外れた裏通り。ビルとビルの狭間《はざま》の、昼間でも薄暗い、誰も足を踏み入れないようなじめじめした公園脇にあって、混むのはお昼どきの一時間程度。お客さんは周囲の会社勤めの、顔ぶれの決まったおじさんおばさんばかり。おでんもからあげも店長が作るし、マリはレジ前にいればよかった。

続けられると思ったんだけれどな。そう、端本早香さえ来なければ。

『てっぱん』は、あのコンビニエンスストアよりはるかに繁盛している。左右田さんは、厨房とホールをちょこまかと行き来して、大車輪の奮闘ぶりだ。マリは見守ることにする。いい年齢なのによく動けるものだ。せいぜい頑張ってほしい。

左右田さんに家族はいるのか、いないのか。訊いたことがないから知らない。どうでもいい。年代も違いすぎるし、そもそも仲良くする気はない。向こうも同じだろう。挨挨拶は交わすが、それだけ。変に会話をしてこようとしないところが左右田さんの美点だ。コンビニエンスストアの店長はそうでもなかったが、スーパーマーケット、ドラッグストア、ディスカウントショップ、これまでマリが働いたアルバイト先では、いつだって誰かしらがぐじぐじ話しかけてきて、うっとうしかった。


何歳？

ひとり暮らしなの？

どこに住んでいるの？

独身？

どうでもいいじゃないか、そんなこと。本心では興味なんかないくせに、知ってどうするんだ？　正直に答えたら、笑いものにする気なんだろう？

立野マリ、三十歳を過ぎているんだって。

母親とふたり暮らしなんだって。

恋人もいないし、結婚もしていないんだって。

寂しい、痛々しいやつだよね。でも、そりゃそうか。でぶだし、顔もよくないし、いつもぶすっとふてくされていて、笑わないし、話もしない。

立野マリ、しあわせなわけがないよね。

どうせ、立野マリは、笑いもの。いつだってどこだって、同じだ。

マリは、どの職場にも、長くはいられなかった。仕事に慣れたころ、疲労の限界が来て、辞める。その繰り返しだった。

その点『てっぱん』は、もう一年近く続いている。コンビニエンスストアでは二年働いた。このまま辞めないでいられたら最長記録の更新も夢ではない。更新できそうな気もする。

なぜ？

＊

「おはよう、立野さん」

厨房から顔を出し、ケンさんが話しかけてきた。

「おはようございます」

マリは、丁寧に返した。

「うん」

マリがよそよそしいので、ケンさんは寂しそうだ。

その顔が見たかった。

＊

ついこの前の日曜日も、仕事帰りに二人で食事をした。食事をしたのはこれまで三回。最初はファミリーレストランで、次はカレー屋。日曜は居酒屋だった。大した額じゃないけれど、おごってもらった。弾まないかと思った会話も途切れず、つまらなくはなかった。ケンさんは話し上手で、マリは何度もうっかり笑ってしまった。

だけど、言葉遣いも態度も変えない。たやすく笑顔も見せない。他人行儀で通す。食事をして、おごられたくらいで、そんなに簡単に距離は縮めないよ、という意思表示だ。なめられてたまるか。

何歳？

ひとり暮らしなの？

どこに住んでいるの？

独身？

訊《たず》ねられれば無視はできず、弱気な笑顔で会話に応じた。そのせいで、これまでの人生、さんざん甘く見られ、踏みつけられてきた。

懲り懲りなんだ。

私はぜったいにあいつらを許さない。

とはいえ、マリは、ケンさんとはけっこう仲良くなってしまっている。

「立野さん、ごはんでも食べに行かない」

働きはじめて三ヵ月も経ったころ、不意に誘われた。

「無理です」

当然、断った。

「忙しいの？」

そう、忙しいんだ。家へ帰ったら、あいつの投稿をチェックしなきゃならない。

脇田ことみの、くそ調子こいたしあわせSNS日記。

今日はあやたんの誕生日、生まれてきてくれてありがとう、だの、今日は旦那さんとあやたんと××公園へバーベキューをしに来ました、だの、楽しすぎて食べすぎちゃった、だの。あいつはいつだって化粧ばっちりで、おちょぼ口で決め顔の自分画像を上げている。背景や舞台がどう変わっても、毎回同じ絵文字だらけの文章とおちょぼ口だ。

あやたん可愛い、と「さや」の端本早香が書き込む。ことみちゃん細いから食べすぎたって大丈夫だよ、と「さつき」の下沢沙月《しもざわさつき》がコメントする。気色悪い友情。じっくりじっとり読んでやらなきゃならない。

昔から変わらない。あいつは世界の中心にいて、みんながあいつのご機嫌を取る。誘拐されて、殺されちまえばいいのに、あやたん。

「時間があるとき、ごはんを食べに行こうよ」

なぜ？

内心の動揺を抑え、マリは突き放すように訊いた。

「何でですか」

「何で？」ケンさんはいくぶん面食らったようだ。

「話がしたい」

「話って、何ですか」

「いろいろだよ」

なぜ？

マリは、ケンさんをまじまじと見返していた。

ケンさんは、左右田さんよりは若いと思う。母親よりも若いかもしれない。でも、マリより二十は齢上に見える。

このおじさんが、私に、何の話があるっていうんだ？

「いろいろって、たとえば何ですか？」

したいんだ」

「たとえばって、困ったな」ケンさんは苦笑した。「たとえられないよ。要するに話が

「何でですか」

私なんかと、何で？

「何でだろうね。へんかな」

「へんです」

いや、変ではないのかもしれない。お店に来るお客だって、たいがい二人連れとか三人連れとか四人連れで、鉄板の上でキャベツと小麦粉をいじりまわしながら、せわしなく話をしているじゃないか。

店の外でも話しているんだろう？　食べるときくらい黙ったらいいのに。とマリは思う。いつもいつも話をしていて、よくまだ話題が尽きないものだ。

あいつのSNSみたい。かわり映えのしない話に同じ反応。それがひとびとの幸福ってものなんだろう。

立野マリ以外の、ひとびとの。

「へんじゃないと思うんだけどな」

ケンさんは真面目な顔をしていた。

「話したい。家へ帰っても、話す相手はいないしね」

そうか、ケンさん、ひとりなのか。

「私もです」

母親と住んではいるけれど、話などしたくない。うるさく声をかけてくるのを放置している。

マリちゃん、マリちゃん。猫なで声で、気色悪い。

「立野さんもなの？　だったら話をしたくならない？」

「ぜんぜんなりません」

生まれてから成人するまで、精いっぱい話をしようとしてきた。なにも耳に入れなかったのは、母親の方だ。マリには話などひとかけらも残っていない。

「話そうよ」

ケンさんは食い下がる。

答えはひとつ。厭だよ。終了。それでよかった。しかし、そうはならなかった。

「奥さんはいないんですか」

マリは、うっかり訊いてしまったのだ。

「うん」

ケンさんは、淀《よど》みなく答えた。

「いないことはないいんだけどさ」

妻帯者か。胆《きも》にうっすらと怒りがわいた。ひとりじゃない。しあわせじゃないか。立野マリとは違う。とっとと家へ帰りやがれ。

「奥さんと話せばいいでしょう」

突き放すように返した。のに、ケンさんは食い下がった。

「言ったでしょ。話し相手はいない。奥さんと話なんてしないんだよ」

知るもんか、である。

「仮面夫婦なんですか」

マリは遠慮なしに踏み込んだ。突き放しても駄目なのだから、踏むしかなかったともいえる。

「仮面ではない。むしろ素顔すぎるんだろうね。話しても楽しくないんだよ。なにげなく口にしたひとことで、向こうが怒り出して喧嘩《けんか》になっちゃう」

「つまり気が合っていないんですね」

ケンさんは眼をまるくした。

「直球だね、立野さん。そうかもしれない」

「離婚したらいいじゃありませんか」

言い争い、長い沈黙。その果てに、両親はそうした。マリが中学に進学した直後だった。

人間関係なんて、どこへ行ってもつきまとうものでしょう。厭なことから逃げちゃ駄目。踏みとどまって戦わなくちゃ。

マリにはそう言っておいて、母親は踏みとどまらなかった。まんまと逃げた。それだけじゃない。

パパはマリちゃんが要らないんですって、ひどいわねえ。

母親はマリに言った。

高校を卒業するまでの学費は出す。それでいいだろうって言うの。親権は要らないんですって。マリちゃんは可愛くないんですって。普通、父親って、娘を可愛がるものなのに、パパは違うのね。ひどい父親ね。

何度も、何度も言った。

立野マリは、誰からも好かれない。

立野マリは、父親にすら好かれない。

何度も、何度も言いやがった。馬鹿野郎。

「離婚、ねえ、そうするのも体力や気力がいるからねえ」

「体力は不要です。離婚届を役所に出せばいいだけですよ」

「書類上はね。しかし奥さんと話をつけるのが大骨だ」

「ふだんの会話がないほど冷えきっているなら、話は早いんじゃないですか?」

「いざ別れるとなると、向こうには言いたいことや要求がたくさんあるだろうから、早くは済まないだろうね。それに、家を出てこれまでの生活を手放すとなると、そう簡単にはいかないでしょう。まず新居を探さなきゃならない。引っ越すには金がかかる」

「マンガ喫茶かカプセルホテルに住めばいいじゃないですか」

冷たく返しながら、マリは後ろめたくなっていた。

わかる。私と一緒だ。

マリだって、母親と住むマンションを出て、ひとりで暮らすことを考えないではない。部屋へは無断で入るな。いくら言っても母親はマリの留守に勝手に部屋に入って、頼みもしない「お掃除」や「シーツと蒲団《ふとん》カバーの交換」をして部屋着を洗濯する。マリちゃん、という猫なで声もたまらなく気に障る。

ひとりになりたい。家を出たい。

しかし、それを実行したら、週三回のアルバイトで欲しいものを買って好きなゲームをする、現在の生活は維持できない。

マリが食べようが食べまいが、夜食はダイニングテーブルの上に用意してあるし、冷蔵庫はいつも食材でいっぱい。洗濯機に抛りこんだ汚れものは、きれいになってたたまれて戻ってくる。お風呂もトイレも清潔なまま。

マリの「城」が守られるのは、母親があってこそなのだ。

これまでの生活を手放す。簡単じゃない。そのとおりだ。

「マンガ喫茶もカプセルホテルも金がかかる。一生その生活ってわけにもいかないしさ」

そうだろう。わかる。

「路上に段ボールハウスを建てて住む」

マリはぼそっと呟《つぶや》いていた。

「無理ですね」

「無理だねえ」

そうだろう。一緒だ。

こうして、気がついたときには、マリは、ケンさんの話し相手になってしまっていたのである。

「話ができてよかった。立野さんはずばずば言ってくれる」

ケンさんはマリと同じ高さで話をしていた。猫なで声を出してご機嫌を取ったりはせず、マリを笑いもしなかった。

「立野さんにびしっと指摘されると、もやもやが晴れるようだ。嬉《うれ》しいよ」

二十歳以上も齢上なのに、むしろ、ずっと齢下のように感じた。

最初に食事をしたとき、ケンさんから言われた。

「立野さん。マリちゃんて呼んでいい？」

「駄目です」

マリは即答した。当たり前だ。なれなれしすぎる。

「ああ、そう。駄目ならしょうがない」

ケンさんは、多少はがっくりしたようだった。が、めげてはいなかった。「俺はケンでいいから」

いいから、じゃないよ。呼びたくない。

「店長じゃいけないんですか」

「いけなくはないけど」

「だったら店長です。左右田さんだってそう呼んでいます」

「名前の方がいいなあ。ケンって呼んでほしい。左右田さんとは違うよ。仲良しじゃないもの」

私だってあんたと仲良しってわけじゃないよ。ずうずうしい野郎だな。

思いはした。しかし、マリは、それほど悪い気はしなかった。

なぜなのか。

話ができてよかった。嬉しい。

マリに向かって、そんなことを言ってくれたひとは、今までにいなかった、から。

＊

二時から五時まで、『てっぱん』は店を閉める。その間が従業員の休憩時間だ。

ケンさんがまかない食を作る。肉野菜炒《いた》めと白飯。レジ前のテーブル席で黙々と食べおえたのち、左右田さんは店外に出ていった。ケンさんは食器を洗いに厨房へ立つ。マリは腰を下ろしたまま、出勤途中に買っておいたペットボトルのお茶をひと口飲んだ。

手紙。

ずっと胸に引っかかっている白い封筒を、バッグから取り出した。

西森ユカ。

いったい誰なんだろう。何の用件なんだろう。

「あ」

背後からケンさんの声がした。

「ああ？」

息を呑《の》む気配。マリは振り向いた。

「どうかしました？」

ケンさんは、マリが手にしている封筒を見ていた。

「いや、あの」

明らかに眼を泳がせつつ、封筒を指差す。

「友だちからの手紙？」

よけいなお世話だ。けれど、幾度か食事をした仲だ。そう無下にもできない。

「友だちじゃありません。知らないひとから来たんです」

「知らないひとから、来た？」

ケンさんの顔色はいっそう青ざめた。

「今朝、急に届いたんです」

「へんだね」

ケンさんは囁《ささや》くように言う。マリも頷く。

「変ですね」

「棄《す》てちゃったらどう？」

ケンさんは、さらに囁き声になって、おかしなことを言った。

「棄てる？」

「だって、知らないひとから届いたんでしょう？　おそらく知らないままの方がいい内容なんだよ」

「そうでしょうか」

マリが首を傾《かし》げると、ケンさんはいっそう声をひそめた。

「不幸の手紙かもしれないよ」

「不幸の手紙？」

「知らない？　受け取ったひとは同じ文面でほかのひとに手紙を書かないと不幸になるって手紙」

聞いたことはある。マリは封筒を見つめた。

不幸になる手紙。だったらわかる。いかにも立野マリに送られてきそうだ。

「厭な手紙ですね」

「しかも、ほかの人間って、多いんだ。四十人とか五十人に書けっていうんだよ」

「そんなに知り合いはいません」

中学、高校、アルバイト。知り合ったとしても、すぐに忘れた。

「いたとしても、書けないよね。ただの知り合いっていっても、それなりに親しくしているものだからさ。不幸になります、なんて文面は送れないよ」

親しくした知り合いなんて、いない。けれど、マリから攻撃をしかけたこともない。侮蔑も嘲笑も、いつだって相手から一方的に浴びせてきた。マリはなにもしてはいないのだ。それなのに、どこかで知り合った誰かが、マリを不幸にしてやりたいと願って手紙を書いたのだろうか。

立野マリなら不幸になっても気にならない。軽く思って手紙をよこしたのだろうか。

「嫌いなやつとか気に入らない知り合いを集めたって、五十人は無理だよね」

「十五人くらいですかね」

横山ことみや端本早香、下沢沙月。これまでのアルバイト先で出くわした糞《くそ》ども。

「いや、十五人よりは多い。ずっと多いな」

ケンさんはちょっと怯《ひる》んだ眼になった。

「けっこういるんだね」

しかしわざわざ手紙を書いて、切手代を出して、送りつけるほどの情熱をこめて不幸を祈れる相手となると、とうてい五十人には満たない。

「店長にはいないんですか？」

「いないよ。どんなにこじれた相手だって、不幸になるよりは、幸福でいてくれた方がいい」

「へえええ？」

マリは疑わしげな声を上げていた。そんなわけないじゃないか。

「ほら、俺は嫌われたり憎まれたりする側だから、しょうがない」

ははは、とケンさんは空笑いをした。

「ともかくさ、最初から読まないで棄てちゃった方がいいと思うよ。不幸の手紙なんか読むことはないよ。不愉快になるだけだ」

「ですね」

マリは手紙を手のひらのなかで強く握りつぶした。

「それがいいよ」

ケンさんは、どこか、安堵したような声で言った。

「ガスコンロで燃やしちゃおうか」

「そうしてください」

マリはケンさんに、ボール状になった手紙を手渡した。

厨房のガスコンロの上で、白い封筒は青い炎を上げ、あっという間に黒く焦げた灰になった。

三

土曜日の夜。午後九時過ぎ。

アルバイト帰りだった。日中は夏日で、夜になっても蒸し暑い。そのうえ髪も全身もお好み焼きの油でぎとぎとになっていた。

早く家へ帰ってシャワーを浴びたい。マリはそれだけを念じて急ぎ足で歩いていた。

「立野マリさん」

呼びかけられたのは、ようやくマンションの前に着いたときだ。

「立野さんですよね？」

マリは立ち止まって、声をかけてきた人間を見返した。

誰？

「立野さんで間違いないですね」

女だ。年齢は三十代の半ばくらいだろう。マリよりかなり背が高い。

「はあ」

マリはやや怯んだ。出がけにした雑な化粧もどろどろになった自分に較《くら》べ、この女は化粧もしっかりしている。

誰？

「私は西森です」

「はい？」

だから誰？

「お手紙を差し上げましたよね。西森ユカです」

げ。

二日前に届いた不幸の手紙。こいつが差し出し人なのか。立野マリの不幸を望む人間。しかし、まったく見覚えがない。

どこで会った？　なにがあった？　そして、なぜ自分は嫌われた？

「読んでくださいましたか？」

きらきらした大きな眼をした西森ユカは、のしかかるように訊ねる。この女、不気味だ。やばい。マリは咄嗟《とっさ》に嘘《うそ》をついた。

「手紙など、いただいていません」

西森ユカは動じなかった。

「差し上げました」

「いただいておりません」

「確かに差し上げました」

「いただいておりません」

沈黙。マリの背中に厭な汗がにじんできた。

何なの。誰なの。堪忍して。帰って。

「手紙は読んでいないということですね。わかりました」

西森ユカは大きく頷いてみせた。

「少しお話をしても構いませんか？」

構います。帰って。

「立野さんは、高林健《たかばやしけん》が結婚していることをご存じですよね」

「はい？」

一瞬、誰の話をしているのか、マリにはわからなかった。

「高林さん？」

ケンさんのことだ。

「知っていますよ」

わけがわからないまま、マリは答えた。

「現在、一緒に住んでいる女性とは未入籍ですが」

「そこまでは知りません」

仮面ではないが楽しくない夫婦だとは聞いているけど、籍を入れていないのか。

「そのほかに、つき合っている女性もいるようです」

マリは驚かなかった。

「そうですか」

そうでしたか。やっ、やっぱり。

「驚きませんね」

西森ユカの眼の輝きがやや弱まった。

「やはり、八月三十日に長野の善光寺《ぜんこうじ》へお詣《まい》りをしたのは、あなたではないんですね」

「善光寺？」

「お詣りをしましたか」

「していません」

「参道でお蕎麦《そば》屋さんに入ったでしょう」

「入っていません」

「天ざるセットを食べて純米吟醸酒を飲んだ」

「食べていませんし飲んでもいません」

マリは酒が飲めないのだ。

「馬刺しまで注文し、昼間から九千八百円も払いました。ランチに九千八百円も使っているんですよ。ひどくないですか」

西森ユカの眼がぎらついた。

「あなた、そんなに高い食事をおごってもらってはいないでしょう？」

徐々に得心してきた。なるほど、西森ユカは、ケンさんの話をしたいのか。自分に手紙をよこしたのは、そのためか。

そういえば、あのとき、ケンさんの態度はどこかおかしかった。ケンさんは、差し出し人の名前を見たのだ。それで、不幸の手紙などと言って、中身を読ませないようにしたのではないか。

マリ自身の過去からの悪意の礫《つぶて》ではない。ケンさんのとばっちりだったわけだ。そう気づくと、軽い吐き気に似た怯えは消えていった。

「あなたは高林健と旅行をしていない？」

「していません」

「あなたは高林健を好きなのではないのですか？」


好き？

＊

好き。

簡単に言うよね。

でも、マリにはわからないのだ。

誰かを好きになるって、どうすればいいのだろう？

立野マリ以外のひとたちは、どうしてたやすく誰かを好きになれるのだろう？

立野マリ以外のひとたちは、どうして誰かに好いてもらえるのだろう？

わからない。わかるわけがない。

立野マリは、誰からも好きになってもらったことは、ない。


先週の日曜日。

居酒屋で、ケンさんとマリは食事をした。

「俺は、女のひとをすぐに好きになっちゃうんだよね」

ケンさんは、ビールをひと口飲んで、困ったように言った。

「立野さんはどう？　男のひとを好きになりやすい？」

「ぜんぜんなりやすくありませんね」

マリはウーロン茶を飲みながら、メニューを見ていた。

「立野さんの好みの男性って、どんなひと？」

「好みなんてありません」

「俺も、好みの型《タイプ》はないんだよ。どんな女でも、気に入っちゃう」

「好き嫌いがないなら、いいんじゃないですか」

「それで、すぐ口説いちゃって、つき合っちゃう」

「よかったですね」

マリは、うらやましいとは思わなかった。ただ、軽く苛立ちはした。

簡単に好きになれて、簡単につき合えるわけだ。やっぱり自分とは違う人種だな。

「いかリングも頼んでいいですか」

「よくないよ。いや、いかリングの話じゃない。好きなのを頼んでちょうだい。つき合ってからは、やっぱりうまくいかないことになる」

「別れればいいんです」

「そうだよね。別れられればいいんだけど、しつこくつきまとわれて困っちゃうこともある」

「ポテトサラダを追加していいですか?」

「食べてください。そうだよ。自業自得なんだけどさ」

ケンさんは渋い顔をしていた。

「けっきょくね、好き嫌いがないせいだ。気がついたら好きになっている。相手がどういう性格か、好みか、まったく見ていない」

「ししゃも焼きもいいですか」

「いいね。カルシウム摂ってください。うまくいかなくても、すっかり嫌いになるわけでもないしね。ただ、会うのが面倒になるだけで。だからひどい別れ方をするわけでもない。自然に距離を取ろうとする」

「だからつきまとわれるんじゃないですか。会いたくない、と、はっきり言えばいいんです」

「そうなんだよね」

マリがなにを言っても、ケンさんは素直に頷く。マリにはそれが心地よい。

「でも、そこで理由を訊かれるとね。悪いところは直すから、また会って。そんな流れになるでしょう」

「会わなければいい」

「そのとおりなんだ。悪いところを改善できても、大嫌いってわけじゃなくても、会いたくはない。そこを説明するのが面倒くさい」

「面倒くさい、ってこと自体、好きじゃない証拠でしょう」

ばっさり言うと、ケンさんは眼を見開く。

「そう。そうなんだよ。立野さん、わかっているね」

「つまりは大嫌いなんです」

マリは気持ちよく言い放つ。

「改善なんて不可能ですよ」

改善なんて不可能だ。

立野マリは、幼稚園に通っているころから、眼鏡をかけていて、ふとっていた。友だちも、決して多くはなかった。

中学一年生のクラスに、あいつがいた。

横山ことみ。

クラスじゅうの子が、みんな横山ことみを好きだった。飛びぬけて美少女というわけじゃなかった。マリはあんな顔は可愛いと思わない。けれど、あいつの仲間は、なにかというとあいつを賛美していた。

ことみちゃん可愛い。ことみちゃん格好いい。ことみちゃんすごい。

横山ことみの取り巻きに、下沢沙月や端本早香がいた。初対面からマリを攻撃の対象にしてきた。

「立野さん、暑くない？」

別に暑くない。答える前に、下沢沙月はせせら笑った。

「ふとっていると、暑いでしょう？」

横山ことみも端本早香も、声をそろえて笑い出した。ちっともおもしろくないその言葉が、いかにも気の利いた冗談であるかのように。

「立野さん、胸が大きいよね」

「うらやましくないけどね」

あいつらは、笑い続ける。マリも、うっすらと笑った。

「へへ」

侮辱されたのに、追従笑いを浮かべた。

マリは、あいつらに、最初から完全に負けた。

マリは、いまだに思う。思い続けている。

あのとき怒るべきだった。どうしてなにも言い返さなかったのか。

「うるせえ、ブス。てめえに言われる筋はねえ。本当はうらやましいんだろう、ど貧乳が」

言えばよかった。抵抗したらいじめられる？　そんなことはない。言い返そうが言い返すまいが、同じことだった。あいつらは、会ったその瞬間から、マリを標的にすると決めてしまっていたのだ。

「立野さん、好きな男の子って、いた？」

端本早香に訊かれたこともあった。そのときも、マリが返事をする前に、下沢沙月が吐き棄てたのだ。

「やめなよ、気持ち悪い。好かれた男の子が可哀想《かわいそう》」

「えええ、それってひどくない？」

横山ことみは笑いながら言った。

「立野さんにだって、好きな男の子くらい、いたっていいじゃない」

下沢沙月は、とどめを刺すように言い放った。

「好かれることはぜったいないだろうけどね」

立野マリは、誰からも好きになってもらったことは、ない。


あいつらは、立野マリが大嫌いだった。

マリも、あいつらが大嫌いだ。

改善なんて不可能だ。

*

「好き？」

マリは、のろのろと返していた。

「少なくとも、嫌いってことはないですけどね」

西森ユカの、いくらか拍子抜けした表情を見ながら、マリは自覚していた。

嫌いではない。ケンさんは、マリに「話をしたい」と言った。ケンさんと話すのは楽しい。ケンさんは、マリがきつい言葉で決めつけると、素直に聞き入れてくれた。楽しかった。

ケンさんは、立野マリを、好きになってくれた、のかもしれない。

そして、マリもまた、ケンさんが好きなのだ。やせたいと思いはじめたのも、ちょっぴり化粧を気にしはじめたのも、そのためだ。

好き、は簡単だった。思ったより簡単なものだったな。

だけど、同時に、おのれに言い聞かせてもいた。

ケンさんは、奥さんがいる。奥さんと話せないから、マリに「話をした」のだ。期待してはいけない。そんな男だ。ほかにも誰かがいるかもしれない。期待はしない。期待なんかしない。だって、これまで、立野マリは誰からも好かれなかったのだもの。

期待しない。だから、動じない。傷つきなど、しない。

マリは、訊いていた。

「あなたはケンさんが好きなんですか?」

ケンさん。

はじめて呼んだ。いかにも呼びなれた名前のように。わざと呼んだ。

「好き」

西森ユカは、唇の端を歪めてみせた。

「でしたよ。以前はね」

「現在《いま》はどうなんですか」

「好きとは違う感情です」

「どうして、私の存在を知ったんですか」

「高林健の住居も職場も知っていますし、インターネットがあれば、いろんなことがわかっちゃいますからね」

「寺にお詣りとか、蕎麦とか、お酒とか、九千七百円もですか？」

「九千八百円です。高林健はずいぶん隙だらけでしたからね。つき合った女にはスマートフォンも見られ放題。銀行のパスワードさえ知られてしまう迂闊《うかつ》さです」

そういうことか。

ケンさんは、この女とつき合って、個人情報をごっそり盗《と》られた。マリと食事をするとき、ケンさんはクレジットカードを使っていた。金の流れはそれでわかったわけだ。

「インターネットは使いようです」

マリは、西森ユカを茫然《ぼうぜん》と見つめなおしていた。

すごい、この女。

マリも横山ことみの動向を観測してはいる。しかし、西森ユカのように、直接行動に出ようとは考えなかった。

なぜ？

なぜ、考えなかったのだろう。

やろうと思えばできるのだ。西森ユカのように。

「ケンさんはSNSに投稿をしているんですか」

「あの男はそういったことはしていません」

ケンさんはなにもしなくとも、周囲には誰かしら発信している人間がいるものだ。一緒に住んでいる女とか、ほかにつき合っているという女、寺にお詣りをした女。しかし横山ことみとは違って、自分の顔写真を上げたりはしないのだろう。西森ユカはお詣り女の顔は知らないようだ。

考えてみれば、あいつの投稿だって、ケンさんの日常なみに隙だらけだ。そもそも、SNSのアカウントは、端本早香に再会したあと探り出したものだった。端本早香や下沢沙月が、自分の前にまた現れたらどうしよう。そんな不安からいくつかのSNSを検索してみたら、あいつらはN女子学院と卒業年でグループを作っていて、あっさり見つかったのだった。グループのみの制限もかけていない。全世界に公開している。もっとも、全世界の方ではこんな連中に興味はないだろうが、世界のなかにはマリがいたのだ。

あいつは不用心に画像を上げていた。名称そのものは写っていなくても、背後の電柱の住居表示は写ってしまっていたから、住んでいるマンションの所在地はまるわかりだった。住む場所さえわかれば、娘が通っている保育園も、しょっちゅう遊びに行っている公園もショッピングモールも、ストリートビューで簡単に見つけ出せた。

西森ユカのように、行動に出ようと思ったら、いつだって出られるのだ。出てはいけない理由など、あるだろうか？

立野マリは、誰からも好きになってもらったことはない。ケンさんにも、立野マリより、好きな女がいた。

「今夜は、お会いできてよかった」

西森ユカは、きらきらした眼を取り戻していた。

「高林健という男の正体を、あなたには知っておいてほしかったんです」

＊

これまでも、空想はしなかったわけではない。

横山ことみの夫、脇田惇也の画像を見ながら、考えたことはあった。

女好きそうな、軽そうな男だな。いかにも浮気をしていそう。していればおもしろいのに。

自分がやせていて、それでいて胸だけは今の大きさで、きれいで、魅力にあふれる女だったら。この男を誘惑して、家庭をめちゃめちゃにしてやれるのにな。

脇田惇也似の、あやたんの画像を見ながら、こうも考えた。

あいつの子ども。あいつの遺伝子。どうせ誰かを見下して笑いものにする人間になる。加害者に育つ。決まっている。

誘拐してやろうかな。

誘拐して、あいつを苦しめてやるんだ。この世界では、幼い子どもが失踪すると、母親が責められるものじゃないか。むろん下沢沙月は庇《かば》うだろう。ことみちゃん、可哀想。端本早香もすり寄る。ことみちゃんはなにも悪くないよ。けれど、世界じゅうの他人はあいつを責める。

子どもから眼を離した母親。ちゃらちゃらした投稿ばかりして、浮かれていた母親。無責任な母親。

しかし、空想は空想だ。

ぬくぬくした幸福のなかで生き続ける横山ことみ。

立野マリは、誰からも好きになってもらったことは、ない。

ケンさんにも、立野マリより、好きな女がいた。

立野マリは、ひとりぼっち。

＊

「正体？」

マリは、頷いてみせた。

「知ることができた、と思いますよ」

西森ユカも頷きを返した。

「よかったです」

マリは深く納得していた。この女は、ケンさんの周囲を調べまわった挙句、自分によようやく芽生えた「好き」の芽を摘みにきたのだな。

それは、ケンさんへの復讐《ふくしゅう》なのだろうか？　かなりヤバい人間だ。しかし、マリが感じたのは、嫌悪や拒絶ではない。これまでにない、焦りに似た衝動だった。

自分も、西森ユカのように、ヤバい行動がしてみたい。

「高林健とは、つき合わない方がいいと思いますよ」

「そうですね」

ケンさんのことは、期待しない。考えない。この女のおかげで、マリには進むべき道が、見えた。

復讐。

この女にできることが、自分にできないはずがない。

「では、お時間を取らせました」

西森ユカは、踵《きびす》を返して去っていった。

マンション入口脇の植え込み、彼岸花はしおれて下を向いていた。


復讐。

空想で終わらせていいのか？

今までも、この先も、負けっぱなしで、本当にいいのか？

よくはない。いいはずはない。

私はひとりぼっち。あいつは幸福。

幼い子どもが消えれば、母親は必ず責められる。死ねば、ぜったいに疑われる。

母親が殺したんじゃないか？

いつも遊んでいる公園もわかる。保育園もわかる。

情報だらけの画像を晒《さら》して、自分たちは幸福だと悦に入っている、あいつが悪いんだ。

立野マリは、誰からも好きになってもらったことは、ない。
ひとりぼっち。それでいい。
立野マリは、行動を開始する。
あの女にできることが、立野マリにできないはずが、ない。

第二章

一

おそい。

高林みさ子《こ》はいらいらと壁の時計を見た。

まるい銀縁の電波時計の針は、午後八時十分を指している。遅い。もう帰ってこなくてはならない時間なのに。

いったいなにをしているのだ。寄り道？

言ったはずだ。寄り道はしないで真っすぐ帰ってきてね。朝、確かに言った。うん、わかった。そう答えて、頷いたよね？　まだ眼が覚めきっていない、寝ぼけたような顔だったから、三時間前にも、メッセージを送って、念を押した。

今日は寄り道をしちゃ駄目だよ。夜ごはんは大好きなエビフライにしたからね。帰ってきたら揚げたてを食べさせてあげる。おなかを空《す》かせて帰ってきてね。

返信はすぐに来た。ＯＫ、と、アニメーションのキャラクターの、見慣れたスタンプで。

七時半には終わるはずでしょう。それから自転車に乗って、マンションまで十五分もかからない。約束を守っていれば、当然ここにいるべき時間だよね？　また、仲間とだらだらくっ喋《ちゃべ》っているの？　で、場所は動いていない、だから寄り道はしていないとたわけた言いわけをするつもり？

まさか、あの女と会って、話をしているんじゃないでしょうね？

胸のうちに青い炎が上がったようだ。みさ子は鋭い視線を再び壁にかけられた時計に向けた。

午後八時十分。

あれ？　さっきから一分も進んでいない。

おかしい。みさ子はテーブルの上のスマートフォンを手に取った。表示された時刻は午後八時十三分である。だよね。どうしてあの時計は。

気がついた。針が止まっているのだ。苛立ちがさらに増す。まったくもう、あの時計、このごろはしょっちゅう止まっているのだ。そしてしばらく経つと元どおり正確な時間を刻んでいる。こっそりさぼって、なにごとも起きなかったかのようにしれっとして、卑怯《ひきょう》な野郎だ。誰も気がつかないとでも思っているのか。

そもそも、あの時計を買ってきたのは、あいつだった。あの時計とあいつ、似ているんじゃないか？　そっくりだ。こそこそと他人の眼を盗んで、誰も気がつかないと思って、しれっとして。

卑怯者。

ぴこん、と、スマートフォンが鳴った。メッセージを受信したのだ。来た。みさ子は息を止めた。どんな言いわけだろう。なにを言ってこようが、返す言葉はひとつだ。

さっさと帰ってきなさい。

みさ子はスマートフォンの画面を見て、がっかりした。

表示されていたのは、待っているメッセージではなかった。

『ごぶさたしています』

西森、という女からのメッセージだ。ごぶさたでけっこう。待っているのは、おまえじゃない。

ぴこん。

みさ子の思いを無視して、立て続けにメッセージが届く。

『近いうち、お時間ありますか。お会いしてお話がしたいんです』

みさ子は唇の端を歪めた。お時間はあるが、お会いしたくもお話をしたくもないよ。それどころじゃないんだ。

西森を無視し、待ちわびている相手へとメッセージを送信した。

『今、どこなの？』

送信とほぼ同時に既読になる。

なによ。ちゃんとわかっているんじゃないの。

ぴこん。

『まだ塾の前にいる』

みさ子は即座に返す。

『早く帰ってこい』

ぴこん。

『すぐ帰る』

安堵。みさ子の頰が震えた。よかった、もうじき帰ってくる。よかった。そしてふつふつとたぎる怒り。

また約束を破った。許さない。

思い知らせてやるからね。

がちゃり。

玄関のドアが開いて、声がした。

「ただいま」

帰ってきた。翔太《しょうた》が帰ってきたのだ。

「お帰りなさい」

靴を脱いで、フローリングの廊下に上がる。ぺたぺた、というかすかな足音。玄関の左手の洋室が翔太の勉強部屋だが、翔太はそちらへは向かわなかった。ぺた、ぺた。洗面所とトイレの前を過ぎ、みさ子が待っている、十四畳のリビングダイニングルームに入ってくる。

「ただいま」

おずおずと、みさ子の顔色を窺《うかが》いながら、もう一度言った。

「遅かったねえ」

ダイニングチェアに腰を下ろしたみさ子は、わざとらしく、ゆっくりと返す。

「うん」

鞄《かばん》を下げたままの翔太は、気まずそうにうつむいた。

「ママ、ちゃんと言っておいたよね」

みさ子は怒っていた。しかし、それは甘やかな怒りだ。自分の怒りを恐れる翔太の顔を見たとたん、楽しむ気分がじわじわと大きくなっている。

「約束をしたよね」

「うん」

そうだよ。約束を守らない悪い子を、ママは怒っている。どうしたら許してもらえると思う?

「忘れちゃったの、約束?」

「忘れていないよ。でも」

「でも?」

「タクミがさ」

翔太は口早に弁明した。約束は覚えていた。だから、塾の授業が終わった時点ですぐに帰ろうとした、ところをタクミに呼び止められた。一緒に帰ろうよ。小学生のころからの友だちであるタクミの家はうちの近所だ。だけどタクミは自分と違って塾までは徒歩で来ている。一緒に帰るということは自転車に二人乗りかな。だけど、二人乗りは学校で禁止されている。自転車は押して帰るしかないな。そう思って歩き出そうとしたらタクミが、自転車に乗せてくれよ、って言い出した。二人乗りになるよ、って反対したらタクミは、気にするなよ行っちゃおうぜって言い張った。面倒くさいから二人乗りで帰ろうとしたところでタチバナ先生が通りかかって、おまえたちA中学の生徒だろう、二人乗りは禁止のはずだって大声で注意をされた。タチバナ先生は三年生の体育の先生で怖いんだ。そこからクラスと名前を訊かれてお説教がはじまった。それがなかなか終わらなくてさ。だからなんだ。ママとの約束は覚えていたけれど、でも、そもそもはタクミがさ。

翔太の言いわけは長い。起きた出来事を整理して語る、ということをしないからだ。事実《じ》はあくまで正確に、順序立てて語ろうとする。そんな翔太の話しぶりに、ときには焦れることもあるけれど、今日のみさ子は安心している。

嘘じゃない。翔太は嘘がつけない子だ。嘘があるときはこんなに奔流のようには話せない。

あの女と会っていたわけではないのだ。よかった。

「あれ？」

翔太は鼻をひくつかせた。

「エビフライ」

キッチンから漂っている揚げものの匂いに気がついたのだ。みさ子は冷酷に告げた。

「そう。さっき揚げた」

「待っていてくれなかったの？」翔太は唇を尖《とが》らせた。「俺が帰ってから揚げるはずじゃなかった？」

みさ子はあくまで冷ややかに続けた。

「約束を破ったのは誰？」

翔太の眉根が八の字になる。

「タクミが」

「それとタチバナ先生でしょ。聞いた」

「揚げたてを食べさせてくれるって言っていたのに」

「事情がわかったのはたった今だもの。約束は約束でしょう。冷めたエビフライで我慢しなさい」

「エビフライ」

翔太は泣きそうだった。

「先にお風呂に入りなさい」

みさ子は楽しんでいる。可愛い。

「約束は約束」

中学二年生。難しい年ごろだというけれど、みさ子のしょうちゃんは、まだまだ幼い。もちろん、ときどき反抗をしてはみせる。うるさいよと言い返したり、返事をせずに横を向いたりする。けれど、ふてくされても、すねても、翔太はけっきょく、みさ子に逆らえない。翔太にとって、みさ子は絶対的な存在なのだ。

実感するたび、胸にあたたかいものが拡《ひろ》がる。

可愛い。

このうえなく大事。みさ子にとっても、翔太は絶対的な存在だ。

「エビフライ」

「冷めたっておいしいわよ」

「揚げたてがよかった」

「オーブントースターであったためなおしてあげる。それでいいよね」

翔太は返事をしなかった。

「いいよね。しょうがないよね？」

みさ子は敢《あ》えて返事を強いた。

「約束、守らなかったの、ママじゃないよ。しょうちゃんの方だよ」

そう、悪いのはママじゃない。認めなさい。気を悪くする権利は、あんたにはないの。

みさ子は追いつめるのを楽しんでいる。翔太は口もとをぐっと引き締めた。

しょうがない。しょうがない。これ以上は考えない。しょうがない。

閉じた唇の奥で、翔太が呪文のように繰り返すのがわかる。

「しょうがない」

翔太は声に出して言った。

「納得した？」

翔太はみさ子の顔を静かに見返した。

「お風呂に入りなさい」

「うん」


ぴこん。

スマートフォンが鳴って、みさ子は思い出した。

西森、だ。

面倒くさいな。なによ。

画面には、新たなメッセージが表示されていた。

『たびたびすみません』

本当だよ。

『お忙しいのはわかっていますが、奥さんとお話がしたいんです』

そっちはしたくても、こっちはしたくないっての。

『お時間をください。ケンさんのことで、また新しい動きがあったのです』

ケン？　あいつ？

あいつのことなど、どうでもいい。

バスルームから、翔太がシャワーを使っている音が聞こえてくる。

いいや、どうでもよくはない。あいつになにか起きたのか。まさか、怪我でもしたのか。病気か？　それとも、また職場を変えたのか。

待て。つい三日前、ＡＴＭで入金の確認をしたばかりだ。今月分の生活費は振り込まれていた。ひとまず生きて働いていることは間違いない。

いくら夫として、父親として最悪な男でも、最低限の責任は果たしてもらわないと困る。塾通い。高校進学。あまり勉強が得意とはいえない、食べざかりの翔太は、これからますますお金がかかる身だ。

あいつは翔太の父親なのだ。

家を出ようが、好き勝手に女を作ろうが、ケンには責任がある。

あいつになにが起きたというのか？

みさ子は西森からのメッセージに返信をした。

『水曜日の午後なら空いています』

ぴこん。返信の返信は速攻で届いた。

『水曜日の午後二時ではどうですか。いつもの場所で』

みさ子も素早く短く返した。

『行きます』

あいつは翔太の父親。

やらねばならぬことはやってもらわないといけない。


シャワーの音が止まって、翔太がバスルームの扉を開けた。

みさ子は冷めたエビフライをオーブントースターに入れて、タイマーをまわす。

ふと見ると、電波時計は八時五十五分を指していた。いつの間にかまた動き出している。スマートフォンの表示では、すでに九時を過ぎていたから、正確な時刻ではないのは確かだが、そのまま抛っておくことにする。

どうせいずれは、なにごともなかったかのように、正しい時間になっているだろう。

いつもそうなのだ。

変な時計。

電池切れ、じゃないよね。

以前に電池を替えたのは、いつだったろう?

二

水曜日は、朝からどんより曇っていた。

風は生暖かい。みさ子が雑居ビルの一階にあるファミリーレストラン『F』の前に着いたところで、顔にぽつぽつ雨が当たってきた。

天気予報では、降らないと言っていたのに、当てにならないな。みさ子は舌打ちをした。雨粒はわりと大きい。本降りにならないといいけど。玄関にはビニール傘が三本もある。持ってくればよかった。学校に行くとき、翔太は折り畳み傘を持って出ただろうか。いいや、きっと持っていかなかったろう。

店に入り、レジから奥を見渡す。西森ユカはすでに来ていた。

「奥さん」

歩道に面したガラス窓に沿った、奥からひとつ手前のボックス。入口に向かって座った西森は、声を出さずに唇を動かし、右手を上げてみせた。

「いらっしゃいませ」

ウエイトレスが声をかけてきた。

「おひとりさまですか」

「連れが先に」

短く言って、みさ子は歩き出した。連れか。べつに連れたくはないんだけどね。

ランチタイムが一段落したところなのだろうか、店内は空いていた。いつもなら西森は、いちばん奥のボックスに席を取る。が、今日は、その席には二、三歳の男の子と父親らしい若い男が座っている。ほかに客はいないようだ。

みさ子は西森の向かいに腰を下ろす。すぐ後ろについて来ていたウエイトレスが、無言で水の入ったグラスを置き、メニューを差し出した。

「ドリンクバー」

メニューを開きもせず、言った。それほど長居をする気はない。が、コーヒー一杯で切り上げられるとも思えない。西森と会う際は、払いはいつも割り勘だ。毎回毎回「払います」と西森は言うが、みさ子は断っている。向こうの誘いかけで会うのだから、おごってもらっても構わないのだ。が、この女に借りなど作りたくない。

「いつもの席が取れなくて」

弁解するように西森が言った。どうでもいい。

「はははは」

奥の席の男の子が大きな声で笑った。

「静かにしなさい」

父親がたしなめる。しかし、無駄だろう。男の子は明らかに興奮気味だった。

みさ子はふっと笑いかけた。翔太にもこんな時期があった。ついこのあいだのようなのに、もう中学生だものね。でも、ケンはこの若い父親みたいに、ひとりでファミリーレストランに翔太を連れていったりはしなかった。外食するのはみさ子がいるときに限られていた。そして注文した料理をひとり悠々と食べていた。みさ子が怒声を上げてはじめて言うのだ。

俺が翔太をみているから、みさ子も食べなよ。

ひゃははは、と、また男の子がけたたましい笑い声を上げた。西森が眉を寄せる。確かにうるさい。

「いつもの席、先に盗られちゃったんです」

西森が繰り返した。

「いつもの席がよかったですよね」

「別に」

どこでもいい、と返すより先に、西森が悔しそうに言った。

「あの席がよかった。早くどいてくれないかな」

みさ子は立ち上がって、店の中央に設置してあるドリンクバーに向かった。

おかしな女だ。自分の縄張りを奪われるのは許せない、ということだろうか。みさ子が西森と会うのは、せいぜい数ヵ月に一度である。そのたびに利用しているとはいえ、行きつけ、と呼ぶほどの常連客ともいえまい。それなのに、いつもの席にこだわる西森。自分のものでも何でもないのに、自分のものだと決め込んで、近くにぴったり貼りついて、待ち受ける。

まったくおかしな女だ。わかってはいたが。

みさ子はカップにコーヒーを注ぎ、席に戻った。

「わざわざお時間を取らせてしまってすみません」

西森が軽く頭を下げる。

「なにがあったの？」

やはりドリンクバーを頼んだのだろう。西森の手前には、水のグラス、空のグラス、大きめのカップが並んでいる。二杯目に突入しているということは、約束の時間よりだいぶ前から待っていたようだ。

暇なのか、よほどの気合いが入っているのか。

「ケンさん、仕事を変えたのは話しましたよね」

西森は身を乗り出すようにして、本題に入った。

「聞いた。確か、今はお好み焼き屋で働いているんでしょう」

家を出てから、あいつは、飲食店を渡り歩いているのだった。もっとも、みさ子と翔太と、平穏無事に暮らしているころも、働く店は二回、変わっている。不満があれば、すぐにほかの職場を探す。月末に店を辞め、次の月の一日からは新しい店で働いている。

料理人はつぶしが利くんだ、というのが、あいつの口癖だった。

和洋中、ひととおりの経験は積んでいるから、どこへ行っても腕は振るえる。食うのに困ることはないよ。

　事前に相談をされたことはなかった。本当にね。みさ子は胸のうちで呟く。困らなかった。だから文句も言わなかったのだ。これからも困らせないでいただきたい。お好み焼き屋で、どういう腕を振るっているのかは知らないけどね。

「まだ、例の若い女の子と仲良くやっているの？」

　そう、そして、みさ子と翔太と、平和な家庭生活を営んでいる、と見せた裏で、あいつは節操なく女に声をかけていたのだ。不満があれば、すぐにほかの店を探す男は、女に関しても同様だった。まさかそんな腕まで振るっているとは、みさ子は気がつかずにいた。

「あんまり若くないですよ」

　西森が不満げに唇を尖らせた。

「私よりは齢上です。若くないです。ちびで足も短いですし」

　西森の女批評はたいがい辛い。

「それに、今や仲良くもないんです」声を低めた西森の眼がきらりと光る。「ケンさんと彼女、うまくいっていません」

　みさ子は、へえ、と言った。我ながら、あくびをかみ殺したような声だった。

「別れるかもしれません」

「へえ」

自分でも意外なほど、みさ子は無感動だった。その女と切れたところで、帰ってこられる場所はすでにない。みさ子は、あいつのいない毎日に、慣れきってしまったのだ。

「あああああ」

奥のボックスで、男の子が甲高い奇声を上げた。

「ほらほら、遊んでいないで、ちゃんと食べなさい」

父親がたしなめている。あの年ごろの子は、じっとなんかしていられないんだ。あいつだったら動きまわる翔太を抑えることはできまい。

そうは言っても、父親は父親である。あいつが家を出ていってしばらくのあいだ、翔太は寂しそうな表情を見せたものだ。

パパはいつまで帰ってこないの？

翔太には、実際の事情は伝えていない。単身赴任、と言ってある。九州の先の、離島のイタリアンレストランで働いているのよ。翔太も行きたい？　無理無理無理。飛行機で一時間、そこから船でひと晩かかる離れ小島なの。しかも船は週に一回しか運航していない。島に着いてもパパのお店までは自動車で二時間はかかるんだって。

遠いね、と翔太は眼をまるくした。

ええ、遠すぎる。でも、パパは翔太のためにちゃんと働いてくれているからね。

そんなものすごい島に、いったいどのくらいのお客が訪れるのか。きちんと採算が取れるレストランが存在するのか。そんな疑問は、素直な翔太の胸には浮かばなかったようだ。遠いんだね、と残念そうに呟くのみだった。

寂しいかもしれないけど、我慢してね。

しょうがないね。翔太は言った。しょうがない、しょうがないよ。

ママがいるから、いいよね。

みさ子が念を押すと、翔太は素直に頷いた。

しょうがない。しょうがないことは、考えたって、しょうがない。

「ケンさんと彼女、ぜんぜんうまくいっていないんです」

西森は満足げに繰り返した。

「だけど、一緒に住んではいるんでしょう？」

「住んでいるだけです。朝も夜も、食事は別々です。ケンさん、出勤の前に駅前のコンビニエンスストアに寄って、パンとコーヒーを買って、そこで朝食を済ませています」

「へええ」

「昼も夜も、たいがいはお店のまかないです」

「安上がりでいいじゃない」

もっとも、自分で使える小遣いが少ないのは間違いのないところだ。西森によると、お好み焼き屋は病気で長期療養中の店長の代理で働いているという。店長とは古い知り合いらしい。西森からは給料の額も聞いた。そこそこ客の入りはある店だそうだが、以前に勤めていた中華料理店よりは三割がた少ないし、大部分はみさ子の口座に振り込まれている。

「住まいは変わっていないんでしょう？」

「同じです。もともと彼女が住んでいた、1DKの部屋です」

「狭いんでしょう」

「同じアパートで空室が出たとき、不動産情報を見ましたが、ダイニングといっても四畳もない広さでした。実質は1Kです。居室は六畳です」

「狭いわねえ。二人で暮らすには息苦しそう」

あいつはその息苦しい空間に転がり込んだのだ。当然、女にだって、金は渡さなければなるまい。家賃、光熱費、水道代、食費、まったく負担しないわけではあるまい。ひょっとしたら、渡せる金が少ないせいで、女との関係が悪化したのかもしれない。

金の切れ目が縁の切れ目か。いい気味だ。

息苦しい空間に、男女が二人。

みさ子と翔太が住んでいる2LDKのマンションは、あいつの持ち家だった。正確に言えば、あいつの母親の持ち家。母親の死後、あいつが相続した。築四十年のぼろマンションだったが、今となればさいわいだ。

翔太がいるんだからね。住み続けてやる。

「息苦しくて、さぞかし居心地が悪いでしょうね」

ざまをみろ。

「居心地、悪すぎたんでしょうか」

西森の眼に不穏な光が宿った。

「ケンさん、今のお店で、気に入った女の子を見つけました」

みさ子はコーヒーをひと口啜った。

「さもありなん、ね」

「予想されていました？」

「だって、あいつはそういう男でしょう」

一緒に暮らす女がいても、不満があれば、いや、不満なんかなくたって、きっと同じだ。ほかの女が現れれば、すぐに目移りする。声をかける。そういう男なんだ。

「で、早くもその女に鞍替《くらが》えしたってわけ？」

「そこまでには至っていないようです。まだ、ケンさんの片想いです」

「若い子でしょう、どうせ」

「そんなに若くはないです。私より二、三歳下くらい。でも、見た感じは五、六歳老けています。ふとめですし」

西森の女批評はやっぱり辛い。

「それだけじゃないんです」

西森は口もとを歪ませた。

「ケンさん、その女のほかにも、遊んでいる相手がいるみたいなんです」

みさ子はコーヒーを噴き出しそうになった。

「一緒に暮らすちび女ではない、職場のふとめ女でもない、謎の誰かと、遠出したりしているんですよ」

「金もないのに?」

西森は大きく頷いた。

「そうです。お金に余裕はないはずなんですが」

「謎の女が金を出している、とか?」

西森は唇を一文字に引き締めた。

「そう、なのかも、しれません」

「自分が金を払ってまで、あの男とおつき合いをしたいってわけ?」

みさ子は呆《あき》れた。

「もの好きな女」

思わず失笑が洩れる。西森は生真面目にたしなめた。

「笑いごとじゃありませんよ、奥さん」

いいや、笑いごとだよ。あいつのために金も時間も費やし続けているのは、西森ちゃん、あんたも同じ。

私？　私は違う。

あいつと一緒にいたとき、金は払ったことがない。今までだって、これからだって、びた一文払うものか。

しかし、時間は使った。あいつという男の正体を知るまで、確かに時間はかかった。

十五年以上。

長すぎただろうか？

三

そもそものはじまりは、三年前の夏だった。

突然、西森ユカと名乗る女から、一通の手紙が、みさ子宛てに届いたのだ。

このごろでは、封書で手紙など滅多に来ない。しかも、まったく覚えのない名前である。首をひねりながらも、開封した。

『ご主人について、お伝えしたいことがあります』

ぐわん、と一撃。女名前で、この文面。伝えたいこと、など、ひとつしかあるまい。

裏切り。

あいつと結婚して、一年後には翔太がいた。みさ子は翔太を育てるのでいっぱいいっぱいだった。あいつの裏切りなど、想定外だった。

『会って、話を聞いてください』

会いたくない。聞きたくない。

みさ子は、妹のゆみ子《こ》に電話をし、相談した。

「やめておきなよ、みさちゃん。きっと、ただのいたずらだよ」

ゆみ子は即答した。

「根も葉もない中傷だろうと思う」

だが、ゆみ子の言葉に、真実味はなかった。なだめ。なぐさめ。両方だ。みさ子だって、ゆみ子からの悩み相談には、同じ調子で応じているから、わかる。

八年だよ、八年。八年もうちの旦那となにもないんだよ。どういうことだと思う？
男って、それで我慢できるものなのかな。

我慢していないんじゃないの。どこかで発散していると思うよ。同じ会社の女と不倫してない？

本音はそれだが、口には出せないで、こうなだめる。

できるんじゃないの。うちだって、似たようなものだよ。

「中傷って、どういう内容？」

みさ子が訊くと、ゆみ子は一瞬詰まった。

「……ケンちゃんが浮気をしている」

みさ子は重い溜息をついた。

「それしかないよね」

「でもさ、思い当たる節はないんでしょう？」

「う」

頷けなかった。

その時期、あいつは中華料理店に勤めていた。午前十一時の仕込みから午後十一時の閉店まで、三日から四日連勤のシフト制で、日曜祝日はほぼ出勤日。あいつが休めるのはたいがい土曜日で、家族で出かけるのも、一緒に食事をとるのもその折だけだ。深夜零時過ぎ、あいつが帰ってくる時間、みさ子と翔太は同じベッドで寝ていた。あいつは隣りのベッドで寝る。朝、みさ子はベッドを出て、翔太を起こし、食事をさせ、学校へ送り出す。あいつは自分のベッドを抜け出して、仕事へ出かけていく。

夫婦生活は、何年もなかった。躰《からだ》に触れられることも、触れることもなかった。ママのおっぱいはしょうちゃんのものだから、パパはさわれない。って冗談を、あいつはしょっちゅう言っていたけど、実のところ冗談ではなかった。できるんじゃないの。うちだって、似たようなものだよ。そうだ。八年ではないが、似たようなものだったのだ。

「うちの旦那もさ、本腰を入れて、調べてみようかな」

ゆみ子は暗い声で言った。

「お互い、なにごともないことを祈ろう」

「そうだね」

祈る。


西森からの手紙に返事は書かなかった。

会うつもりはなかったのだ。疑惑は疑惑、しばらくは直視せず、留保しておくつもりだった。

いたずらかもしれない。根も葉もない中傷かもしれない。ゆみ子のなぐさめを信じたかった。

それなのに、手紙が届いて一週間も経ったころ、マンションを出たところで、声をかけられた。

「高林さん」

「はい」

立ち止まって、振り返る。

「奥さんですね」

西森が立っていた。

みさ子は、ケンの裏切りを、すべて知らされた。

西森に会った日の深夜。

帰宅したあいつ、ケンを、みさ子は問いただした。

「西森ユカって女に会ったよ」

ケンは顔を激しく歪めた。

「あの女に会った？」

第一声。それだけで、自白したようなものだった。

「あの女がなにを言ったか知らないが、あの女はおかしいんだ」

みさ子はゆっくり頷いた。

「わかっている」

わざわざ妻に会って、男の浮気を告げる。だいぶおかしくなっていなければ、そんな行動はとるまい。

「あの女ともわけがあったんでしょう」

西森から聞いた。ケンは、西森とつき合った。ほかの女に手を出した。そして西森を棄てた。西森は怒った。奥さんにぜんぶばらしてやると呪った。脅しではなく、それを実行した。

「で、今は、ほかの女とできている」

みさ子が言うと、ケンは下を向いた。

「どういうつもりなの」

ケンは返事をしなかった。

「何とか言いなさいよ」

冷静に追いつめるつもりが、語尾が震えた。ケンはうつむいたまま、言った。

「ごめんなさい」

「ふざけるな」

みさ子はこぶしを固め、ケンの顎を思いきりぶん殴った。

「あう」

ケンはかよわい声を上げ、のけぞった。

「ふざけるな、この野郎」

みさ子は、身をそらして逃れようとするケンの肩を殴り、背中を殴った。

「ごめんなさい」

ケンは背をまるめ、両腕で頭を抱えた。

「ごめんなさい、ごめんなさい」

「まだ言うか」

「やめて」

ケンは悲痛な声で訴えた。

「謝っているのに、暴力はやめて」

「こんなのは暴力じゃない。暴力をふるったのはおまえの方だ」

みさ子はケンのすねを蹴った。

「つ、妻が子育てで大変なときに、裏切りやがって」

みさ子の眼から熱い塊が噴き出した。

「ほ、ほ、ほかの女と情事を重ねて」

自分でも驚いた。涙だ。

「ごめんなさい」

ケンは弱々しく言い続けた。

「あ、あんたは翔太の父親でしょう。どうしてそんな非道な裏切りができるの。どうして？」

どうして？　みさ子は何度も口にした。どうして？　どうして？　問いかけながらケンのすねを、膝を、蹴り上げた。

「痛い。やめて」

手のひらで顔面を覆ったケンは、躰をくの字に縮こまらせ、呻《うめ》いた。

「痛いのは私の方だ」

「傷つけるつもりはなかった」

「傷つけるつもりはなかった、だと？　傷つくに決まっているだろうが、くず野郎」

「ごめんなさい」

みさ子はふたたびこぶしでケンの顔を打った。

「ごめんで済むか」

「ただ」

指のあいだから、ケンはかすかな声を出す。

「ただ？」

「毎日毎日、仕事をして、家へ帰ってきて、寝て、起きて仕事に行って、帰って、寝て、休みの日には翔太を連れて、遊園地やショッピングモールへお出かけ」

「不服だっていうの、それが？」

「不服じゃない」

「でしょう。しあわせでしょう。しあわせな生活って、そういうものじゃないの？」

「不服じゃない。ただ、寂しかった」

「寂しい？」

「寂しかった。だって、しあわせな場所で、みさ子が見つめているのは翔太だけだ」

「親なんだから当然でしょう？」

当たり前だろ、この野郎。寝ぼけているのか。

「いつもいつも私ひとりに任せていないで、あんたも翔太をちゃんと見なさいよ」

「そう、あなたは母親。俺は父親という名の役目を果たすだけの歯車。おっぱいはしょうちゃんのもの。寂しかった」

寝言を言っているのか、この男。

「役目もなにも、翔太は私たちの子だよ？」

「わかっている。でも。なにかが足りなかった」

「なにかって、なによ？」

ケンは、絞り出すような声で、言った。

「愛情」

「愛情なら、じゅうぶんにあった」

「そういう愛情じゃなく、俺は、そう」

ケンは泣きそうな顔をしていた。

「ときめきが欲しかった」

「ときめき」

いい年齢のおっさんが、言うにこと欠いて、ときめき。他人が聞いたら大笑いするだろう。

しかし、みさ子は笑えなかった。

「出ていけ」

吠《ほ》えた。

おっぱいはしょうちゃんのものだ。当たり前だろ?

そして、みさ子の夫、ケンは出ていった。

*

「みさ子、あんた、見る目がなかったのね」

あいつの浮気と家出を伝えたとき、母親から言われた。

「おかあさん、最初から不安だったんだよ。ケンちゃん、みさ子より十歳以上も齢上だし、離婚歴もあるってひとでしょう。本当のところ、結婚に賛成って気持ちにはなれなかった」

それはないでしょう、とみさ子は返した。おかあさん、反対なんかしなかったじゃないの。

ケンちゃんは、ぜんぜん齢上って感じがしない。私の言葉を素直に聞く。私が不機嫌になるとおろおろする。怒るのはぜったいに私。謝るのはケンちゃん。弟か息子みたい。そう言ったら、おかあさん、手を叩いて笑っていたじゃないの。

なら心配ないね。うらやましい。私もそんな従順な男とめぐり合いたかったよ。

「聞く耳なんか持たなかったでしょう、あんた」

そう言われると、口をつぐむしかない。結婚したい相手がいる、と言った時点では、引き返すつもりなどかけらもなかった。母親だって同様だったはずだ。あいつと知り合ったころ、みさ子は三十歳を過ぎていて、ゆみ子はすでに嫁いでいた。あの日、母親は言ったではないか。

よかったね、みさ子。おかあさん、ようやくひと安心したよ。

「こうなると、以前の離婚の理由だって、知れたものじゃないね」

母親は渋面で続けた。

「ケンちゃんの浮気が原因だったんじゃないの」

「違う」

みさ子は瞬時に否定した。

「いいや、きっとそうだよ。浮気をする男は、繰り返すものだからね」

違うよ、だって。

言いかけて、みさ子は言葉を失う。否定する根拠は、あいつの言葉だけだったからだ。

前の奥さんと別れたのは、性格の不一致というやつなのかな。話が合わなくなった。言葉を尽くしても、話が通じない。しまいには、おはようとかいただきますとかただいまとかおかえりとか、そんな言葉さえ出なくなった。そうなっちゃったら、別れるしかないからね。

話が通じない。みさ子とケンも、いつかしらそうなってしまっていたのではないか。

「見る目がなかったんだな」

ゆみ子にまで、同じことを言われた。

「私にも、みさちゃんにもさ。見る目がなかった」

みさ子はゆみ子から聞かされたばかりだった。

ゆみ子は、スマートフォンのＧＰＳ機能で夫の足取りを追跡したのだった。セックスレスの夫は、残業という名目で帰りが遅くなる夜、性風俗店に足を運んでいた。

「怒ったよ。小遣いを月三千円にしてやった。これで身動きはできない」

「身動きどころか、昼ごはんも食べられなくない？」

「毎朝、自分でおにぎりを作って持って行っているよ」

ゆみ子は乾いた高笑いをした。

「情けない。本当に私、男を見る目がなかった」

「ゆみ子、つき合っているころは、旦那さんにめちゃ惚《ほ》れだったからね」

「みさちゃんもでしょ。ケンちゃんの話ばかりしていた」

はい？

「ケンちゃんがこう言った、ああ言ったって、そんな話題しかしていなかった。のぼせちゃって、相手の姿が見えていなかったんだ。こうなるとお互いに恥ずかしいよね」

恥ずかしい？　いや、あんたはそうかもしれないが、こっちにはそんな記憶さえない。

「痛すぎる過去とはいえ、好きになって結婚したわけだから。ケンちゃんを、すぐさま追い出すことはなかったんじゃない？　しょうちゃんだっているんだしさ」

「いいのよ」

即答。翔太はみさ子がいればいいのだ。

「ケンちゃん、稼ぎは悪くないんでしょう？　女だって、どうせお金が目当てだよ。若くもないおっさんじゃないの」

そうだよね、とみさ子は同意した。

「みさちゃんが頑張れば、相手の女だってあきらめるよ。ケンちゃん、そんなに魅力ないって」

そうだよね。わかっている。わかってはいるけど、どこか気に障るのは、なぜだろう？

「離婚をするつもりはないんでしょう？」

当たり前。私に落ち度はないんだよ？

「金もない、籍も入れられない。そんなじいさんにいつまでも関わっていられるはずはないよ」

じいさん。いささか引っかかるけど、そう願いたい。

「いずれ帰ってくるよ。我々とご同様、相手の女は見る目がないね」


見る目って何だろう？

ゆみ子との通話を終えたあと、みさ子は考えていた。

そもそも、自分に好意を寄せて口説いてくる人間が、いずれはほかの誰かにも同じ台詞《せりふ》を囁くようになるなんて、疑ってかかる人間がどれだけいるのだろう。

そんな未来は、みさ子には見えなかった。

それは、見る目がないせいなのか？

結論は出ない。

翔太が帰宅すれば、みさ子はそんな考えごとをすっかり忘れた。

四

「腹が立つでしょう？」

みさ子は口早にまくし立てていた。

「あんな女、これ以上、ぜったい近寄らせたくない」

奥のボックスの父子は、すでに店を出ていっていた。みさ子の飲みものはセイロンティーに替わっている。

「ははあ」

西森はホットココアを啜っていた。

「あの子、まだひとりで寝られないの。夜中にトイレだって行けない。いつだって私を起こすんだもの」

「可愛いですね」

「可愛いわよ。赤ちゃんよ。それなのに女の子とつき合うとか何だとか」

あいつが言っていたとおり、西森はおかしかった。

最初に話をしたのちも、しょっちゅう連絡をよこして、あいつの動向をこまごま知らせてきた。はじめのうちは薄気味が悪かったが、そのうち慣れた。みさ子にしても、あいつの近況は知っておきたい。生活費は必要だし、翔太の学費もある。月々の払いが滞ったら困るのだ。

　無料の探偵を雇っているようなものだ。しかも、それだけではない。

「でも、翔太くんは中学二年生でしょう。つき合うといっても、なにをするわけでもないのではありませんか」

「ナニかをされたら許さないわよ」

　みさ子は眼尻を吊《つ》り上げた。

「中学二年生のくせに男を誘惑して、どれだけ育て方が悪いんだって、あの女の家に怒鳴り込んでやる」

　忘れたわけではない。かつてはあいつの女だった。憎むべき存在だ。が、西森ユカは、誰よりも際限なく、みさ子の話を聞いてくれるし、反応してくれる。

　ゆみ子も母親も、みさ子がいちばん語りたい、翔太の話をはじめると、うんざりと横を向いたり、わざとらしく溜息をついたりするのだ。

　はいはい、はいはい。しょうちゃんは最高よね。わかった、わかった。

　西森ユカは、みさ子にとっては必要な人間になっていた。

「中学生ですから、好奇心はお互いにあるかもしれませんね」

「翔太にはない」

「でも、中学生です。ないということはないのではないですか」

あいつの話をしていたときとは打って変わって、西森の表情には熱がない。

「ない」

みさ子は正反対だ。あいつの話より、翔太の話題の方がはるかに熱くなっている。それぐらいはわかる。

「私、中学生のころは異性に興味しんしんでした」

気乗り薄でも、西森はみさ子が欲しい合いの手を確実にくれる。

「なるほど」

子どものころから、あんたはそういう女だったわけね。まあ、私にも覚えはあるけどね。

「異性と不純な異性交遊。学校でも友だちとその手の話ばかりしていました。もちろん女の友だちです」

類は友を呼んでいたわけね。私のまわりも似たようなものだったけどね。

「翔太くんに言い寄っている女も、彼女の方から翔太くんに告白して、アドレスを交換したんでしょう？　興味しんしんの口なのかもしれません」

冗談じゃない。みさ子はカッとなった。

「翔太は違う。あの子は、うちで一緒に映画を観《み》ていても、そういう場面になると厭がるの。見たくないって下を向いちゃう」

西森は眼をまるくした。

「そんなきわどい場面がある映画を親子で観ているんですか」

「怖がりのくせに、ホラー映画が翔太は好きなの」

西森は、ああ、と納得した。

「ホラー映画では、たいていその手の場面がありますね。で、直後に殺《や》られます」

「このまえ観た映画でも、女優が裸をさらけ出して男優とからむ場面があったの。ママここ飛ばして、って翔太は半泣きだった」

「へえ」

西森は意外そうに首を傾げた。

「翔太くん、女の躰は嫌いなんでしょうか」

「嫌いじゃない。私の躰は好きだもの」

みさ子は勝ち誇った口ぶりで言った。

「赤ちゃんのころから、おっぱいはとくに大好き。いまだにさわりたがる。ついこのあいだまではさわっていたけど、さすがに中学に入ったからね。私がお風呂上がりのときとか、翔太がいかにもさわりたそうにしていると、中学生でしょう、ってたしなめるの」

みさ子はにやにや笑いを浮かべずにいられなかった。

「そうすると、しょうがない、中学生なんだからさわれない、しょうがない、考えてもしょうがない、ってぶつぶつ言いながら我慢している」

だけど、最終的にはさわらせてあげている。おっぱいはしょうちゃんのもの、だもの。

「翔太くん、やっぱりケンさんに似てますね」

「ああ？」

みさ子の頬が固まった。

「ケンさんも、映画のラブシーン、苦手でしたよね」

そうだったか？

「アダルト系の動画ならともかく、映画やドラマでそういうシーンを観るのは苦手だって言っていました。恥ずかしくて直視できないって」

そうだったろうか？

「それと、しょうがない、考えてもしょうがないって、ケンさんもよく言いますよね」

「え」

みさ子は唖然《あぜん》とした。

そうだった？

＊

「話が合うよね」

昔、あいつは、言っていた。

「みさちゃんと話しているときが、いちばん楽しい」

当時、みさ子は、輸入雑貨を扱う会社に勤めていた。会社の周囲は、ＪＲの高架沿いの、ごみごみした飲食店街だった。夜は酒を提供する小料理屋でのランチ定食が、みさ子は気に入っていた。

ケンは、その店にいた。

カウンターの向こうが厨房の、小さな店。せわしないランチタイムの合間、いつからか親しく挨拶を交わすようになっていた。みさ子は酒が飲めない。だから、酒好きな同僚の女を誘って、夜の営業時間に店に行った。

同僚と行ったのは、一度きり。二度めからは、ひとりで店へ行って、カウンター席に座った。酒の代わりにウーロン茶を頼み、本日のおすすめを注文した。

ケンとは、カウンター越しに、とりとめもない話をした。

「今日はこの店に出てくるまで、一回も赤信号に引っかからなかったんだ」

「そういうこと、珍しいよね」

「アレになった気分だったよ。ほら、あるじゃない。キリスト教で、じいさんが杖《つえ》をふるったら海がぱっと割れるやつ。映画にもなっていた」

「十戒のモーゼ？」

みさ子は笑った。

「しょぼい預言者。ケンちゃんらしい。ケンちゃんの十戒、さぞかし情けないものなんでしょうね」

「みさちゃんは、ずけずけ言ってくれるよなあ」

ケンも笑っていた。

「言いすぎだよね、私。妹には、たまにキレられる。でも、いじめたくなっちゃうんだもの」

親しい相手、好きな相手だと、とくにね。

「そこがいいんだ。話が合うよね」

ケンは言った。みさ子も頷いた。

楽しい。

＊

みさ子は、西森と別れて、マンションに帰ってきた。

リビングダイニングルームに入って、壁の電波時計を見る。

二時二十分。

そんなわけあるか。また止まっている。まだ翔太が小さかったころ、あいつが買ってきた電波時計。

みさ子はハンドバッグの中からスマートフォンを取り出し、時刻を確かめる。画面を見て、ゆみ子からのメッセージに気がつく。

『旦那、またやらかした』

怒りに任せて送ってきたのだろう。何通も届いている。

『財布とかネクタイとかコートとか、ネットオークションでこっそり売りさばいて軍資金を作っていやがった』

『そこまでしてフーゾクに行きたいか』

『本番のない安い店だとか何だとか、なめた言いわけをしやがって』

『だいたい、店の名前からしてふざけている』

『「ゴールデンハンマー」だってさ。おまえがそんな大それたハンマーの持ち主かよ。釘《くぎ》でも打ってみせやがれ。ゴールデンハンマー野郎』

　みさ子は思わず笑っていた。

『本当についていない。買いものへ出かけたほんの三十分のあいだに、宅配便が届いていた。郵便受けに冷蔵品だから宅配ボックスに入れられないって不在通知が入っていた。面倒くさい』

　ゆみ子の憤懣《ふんまん》はおさまらない。

『買いものへ出れば出たで、赤信号ごとに引っかかった。ケンちゃんの十戒、大外れだよね。タイミングが悪すぎる』

　みさ子の笑いが頬で凍りついた。

　すっかり忘れていた。けれど、そんな話まで、ゆみ子にしていたのだ。かつては。痛すぎる過去、か。そのとおりだ。

　あのころは、なにもかも、ずっと、ずうっと語っていたかったのだ。あいつのことを。しかし、今は違う。

　いずれ帰ってくるよ。

　ゆみ子の希望的観測は当たらなかった。

　あいつは帰ってこない。

その女に嫌われても、別の女に粉をかけているなんて、帰る気はないらしい。

ゆみ子の夫も、あいつと同じだ。風俗通いをやめられない。

お互いの、見る目のなさ。痛すぎる過去。でも、時計の針は戻せない。

時計。

気づいた。

やはり電池切れなのだ。以前、電池を替えたのは、あいつだった気がする。わざわざリセットして時刻を合わせるのが面倒で、あいつに頼んだ記憶がある。つまり、三年以上前のことだ。あれきり電池を替えた覚えがない。

電池は切れているんだ。

ダイニングチェアを引きずって、時計を壁から下ろした。埃《ほこり》が舞った。呼吸を止め、時計の裏側を見る。裏蓋を外し、電池を確認する。単二形だったっけ。そんなことも記憶になかった。

あいつに任せていたせいだ。

時刻の設定って、どうやればいいんだろう。取扱説明書って、どこに置いてあった？まあいい。とりあえず新しい電池を買っておこう。

みさ子は翔太にメッセージを送った。

『帰りに単二の電池を二本、買ってきてね』

授業はもう終わっているだろう。すぐに返事が来た。
『コンビニで売ってる？』
翔太からのメッセージ。
怒りすらも甘くする、翔太への思い。
こんなに愛しているのに、誰かに奪われてたまるものか。
ほかの女なんて、見ないで。
見たら、許さない。ただじゃおかない。
同じ思いを、あいつにだって、かつては抱いていた。現在はすっかり干乾《ひから》びている。
どうしてだろう。いつからだろう。
翔太が生まれてから？
だって、翔太がいれば、じゅうぶんだもの。
翔太は幼い。可愛い。
けど、あいつは、もう、可愛くない。
翔太がいれば。翔太さえいれば。
みさ子は唇を噛《か》んだ。
話したい。ついさっき別れたばかりだけれど、西森ユカに話したい。翔太の話だけがしたい。母親にもゆみ子にも耳を傾けてはもらえない、翔太への思いだけを語り続けたい。

西森ユカが現れたせいで、あからさまになった気持ち。

あいつは帰ってこない。

翔太は違う。

違うよね、翔太?

奪われたくない。翔太だけは。

許さないよ?

第三章

一

中谷里奈《なかたにりな》は傷ついている。

ケンちゃんのせいだ。

がさがさ、動き出す気配がする。

カーテンの隙間から、外の光が差し込んでいる。薄く眼を開くと、光の中で埃が舞っているのが見える。がた、ごそごそ、ばたん。ベッド脇の床の上で、ケンちゃんが安い毛布と、昼寝用の薄いマットをまるめている。

ベッドの中で、厚い蒲団にくるまりながら、里奈は寝たふりをする。

ケンちゃんが洗面所に行く。水音。顔を洗っている。電気シェーバーの音。ひげをそる。また水音。歯を磨いている。クローゼットを開ける。着替えをする。ケンちゃんは今日も出かけていく。

息をひそめるように身支度を済ませ、出ていく。ドアを開ける。ぱたん。がちゃがちゃ。ドアを閉め、鍵をかける。

ケンちゃんは今朝も声をかけてこようとしなかった。

里奈は眼を開けた。外から差す光は強い。いいお天気らしい。手を伸ばしてカーテンを引っぱる。室内が暗くなる。

行ってきます、はないのか。

腹立たしい。ちょっと前までは、必ず声をかけてきたではないか。

行ってきますよ、と。

なのに、ここのところ、ケンちゃんは無言だ。どういうつもりだろう。冷たすぎるではないか。

行ってきますよ。そう言われたって、里奈は返事をしない。するつもりはない。里奈は眠っている。具合が悪いのだ。行ってらっしゃい、なんて挨拶を返せる精神状態ではないのだ。ケンちゃんのせいだ。

返事など、ぜったいにしてやらない。

しかし、里奈が返事をしなくたって、ケンちゃんは声をかけるべきだ。

この部屋の主は里奈なのだ。奥さんに家を追い出され、転がり込んできたケンちゃんを住まわせてやっているのだ。

行ってきますよ、くらい口にするのが礼儀というものだ。

ああ、そうだ。こう返事をしてやったことだって、あったのだ。

今しがた、せっかくうとうとしかけたところだったのに、なぜ起こすの？　夜は寝つけないから、クリニックで眠剤を処方してもらっているの、知っているはずでしょう？

どうしてそんなに思いやりがないの？　どうしてそんなに無神経になれるの？

ケンちゃんは慌てて、ごめん、って謝った。

許してなんかやらない。怒ったまま背中を向けて、頭から蒲団をかぶった。

行ってきますよ、を言わなくなったのは、そういえば、あれ以来かな。

だけど、だからといって、無言で出かけるなんて、ひどいよね。

そもそも、里奈の具合が悪いのは、誰のせい？

ケンちゃんだよね？

＊

いつの間にか、二度寝をしていた。

ぶるぶるぶる。テーブルの上で、スマートフォンが振動している。うるさい。せっかくうとうとしかけたところだったのに、なぜ起こす？　どうしてみんな、そんなに思いやりがないんだ。里奈は怒りながらスマートフォンを摑《つか》み上げ、画面を見た。

メッセージが届いていた。

『予約時間が過ぎているけど、大丈夫？』

時間？

里奈は身を起こした。

今日って、水曜日だったっけ。クリニックの通院日。

スマートフォンの画面表示を見る。水曜日だ。忘れていた。里奈は現在、仕事をしていない。無職だと、曜日の感覚がなくなる。里奈の体調はよくならないのに、時間ばかりが過ぎていく。

クリニックへ行きそびれちゃった。

気が重くなる。こんな風にいつまでも休んではいられないんだ。近いうち、また職を探さなくちゃならない。ケンちゃんの稼ぎが少ないから、のんびり静養していることさえできない。

稼ぎが少ない。というより、奥さんに持っていかれてしまうのが、悪い。馬鹿正直に生活費なんて渡すことはない。お金がないなら働けばいいんだ。奥さん、働いていないんでしょう？

どんなに体調が悪くても、里奈は働かなくてはならない。

里奈の心は傷ついている。そのせいで、躰に不調が出る。クリニックへ行く日だった。でも、予約時間は過ぎてしまった。

ぶるぶる。また、スマートフォンが振動して、メッセージが届いた。

『看護師さんも心配しているよ』

里奈は眉をひそめた。いちいちうるさい。しかし、返信はしなくてはなるまい。

『寝過ごしただけ。大丈夫』

メッセージの送り主は、毎週、クリニックの待合室で顔を合わせる女だった。やたらとべたべたしてくる、おせっかいな女だ。

『よかった。看護師さんに伝えておく』

『来週は行きます。予約は取れますかって訊いてくれる？』

うっとうしいけれど、こういうときには役に立つ。

『看護師さん、予約は問題ないって。眠れてよかった、安心しましたって言っている』うとうとしただけ。眠れてなんかいない。勝手に安心するな。無神経な看護師だ。

『体調はどう？』

『ありがとう。別状はないよ』

『なにも問題がないようなら、今から会える？』

問題がないなんて言ってないだろ。里奈は舌打ちをした。会いたくない。なぜわざわざあんたと会わなくちゃならないんだ。少しは気をまわせよ。

返信せず、里奈はベッドから立ち上がった。

ケンちゃんがまるめたマットを蹴飛ばして、トイレに向かう。ベッドと小さなテーブルとローボードだけが置かれた狭い空間。

部屋を出ると、トイレとバスルームのドアが並んでいる。小さな洗面台と洗濯機。その反対側にキッチンのシンクがあり、冷蔵庫が置いてある。入居時の不動産情報には1DKと謳《うた》われていたが、ダイニングスペースなどほとんどなかった。

引っ越しをしたい、と里奈は思った。二人で暮らせるような部屋じゃないって、はじめはケンちゃんだって言っていたのだ。

用を足して、トイレを出る。冷蔵庫を開けて、ペットボトルのお茶を取り出す。二リットルのお茶が、ほんの少し、底から一センチくらいしか残っていない。里奈はキッチンの床を見た。買い置きのボトルはない。

つまり、買いに行かなければならないわけだ。

役立たず。里奈は毒づいた。

もっと気を利かせろよ。役立たず。買っておいてくれたっていいじゃないか。

わかっている。ケンちゃんは冷蔵庫のお茶を飲んではいない。なぜなら、このお茶は里奈がドラッグストアで買ってきた品だからだ。飲みものであれ食べものであれ、里奈が買ったものは里奈の所有物である。勝手に手をつけるな。その点は厳しく命じてある。

しかし、ケンちゃんだって冷蔵庫は使っている。その証拠に、見覚えのない缶ビールが二本、置いてある。だったら里奈の飲んでいるお茶が少量しか残っていないのは見えているはずだ。買い置きがないのもわかるだろう。

里奈は具合が悪くて働けない。外へ出かけることさえ苦痛だ。それをケンちゃんはわかっていない。思いやりがなさすぎる。

里奈は、お茶の蓋を開け、ボトルのまま一気に飲み干した。勢いがつきすぎて、唇の端からお茶が流れ出し、寝巻きのTシャツの襟から胸もとを濡《ぬ》らした。

どいつもこいつも、気が利かない。思いやりもない。

部屋に戻って、ベッドの上に腰を落とし、スマートフォンを手に取った。

『今から会える？』

おせっかい女からのうっとうしいメッセージに短く返信をした。

『いいよ』

どうせお茶を買いに外へ出なければならないのだ。

うっとうしいし、面倒くさい。けれど、ケンちゃんとすら、会話がなくなっている現在の里奈には、話し相手が誰もいない。週に一回、クリニックの待合室にいる彼女と言葉を交わすのは、里奈にとって貴重な気晴らしであることは間違いがない。

会って、言いたい。ケンちゃんの愚痴。

返信の返信は即座に来た。

『おうちまで行こうか？』

里奈は顔をゆがめた。

うち？　ずうずうしい女だ。そういえば以前、話していたときも、里奈ちゃんのお部屋ってどんな感じ？　とか訊いてきたよな。遊びに行きたいな、とも言っていた。厭なこった。部屋に他人を入れるのは厭だ。

狭い。片づいてもいない。自分の空間にケンちゃん以外の他人を入れたくない。

といって、カフェや喫茶店にも行きたくはない。他人の視線に晒されるのは厭だ。

『A駅の南口改札を出たところで待っていてください』

おせっかいでずうずうしい相手は、西森ユカという女だった。

二

かつて、里奈は、傷ついていた。

イケダのせいだった。

イケダは、幼馴染《おさななじみ》で、同級生だった。

といって、仲が良かったことなどない。仲が良かったのは、里奈のママとイケダの母親だ。

「女の子はいいわねえ」

イケダ母は言っていた。

「男の子は、やんちゃで、言うことなんか聞かないから」

「うちだって、おにいちゃんは乱暴よ」

ママは嬉しそうに返す。里奈の話題はそこまでだ。ママもイケダ母も、息子自慢をはじめる。女の子はいいわねえ、なんて、本気で思っちゃいない。はやくから、里奈は気がついていた。二人とも、自分の息子が大好きなのだ。

しかし、里奈が小学校高学年になるころには、母親たちの関係は悪化していた。

「イケダさんは、ライバル意識が強すぎて疲れるのよ」

ママからはイケダ母の悪口ばかり聞かされるようになった。

「うちのおにいちゃんが塾へ行けばうちの子も、ってちょっといいところへ行かせようとするし、自転車を買えば高価な自転車を買うし、いちいち張り合うんだもの」

お互いさまじゃないか、と里奈は思う。ママだって同じだ。が、イケダ母やイケダとつき合わなくて済むのには、ほっと安堵したものだった。

里奈はイケダが嫌いだった。躰がでかい。態度がでかい。声もでかい。趣味も合わない。話すことなんかなにもない。そのうえ無神経だ。気を遣って、無理に話題を作って話しかけたって、イケダは返事すらしない。気分のままにふるまって、それが当然の権利だと信じている。おにいちゃんと同じだ。年齢が同じ、親同士の仲がいいというだけで、行動をともにするのが不快でならなかった。

なのに、どうして、イケダとつき合うことになったのだろう?

親同士は疎遠になった。中学校は同じだったが、クラスは別だった。高校も違った。しかし、近所で顔を合わせることはしばしばあった。駅で、コンビニエンスストアで、路上で。挨拶はしなかった。お互いに黙殺していた。それなのに、なぜ、つき合ったりしたのだろう。

短大に通っていたとき、駅前のドラッグストアでアルバイトをした。そこではイケダが働いていた。

それがきっかけだ。つまりはイケダのせいだ。

イケダが里奈を好きになったからだ。

いいや、イケダから、好きだ、と言われたことがあったろうか？

なかった。イケダは里奈に対して、以前と変わらず横柄だった。だけどイケダは里奈が店長やアルバイト仲間の男と話すと、明らかに不機嫌になった。

「あいつは仕事ができない。使えない」

「店長は既婚者のくせして風俗に通っている」

悪口ばかり言った。先に食事に誘ったのがイケダの方だったのは間違いない。悩みを聞いてやるよって、恩に着せた言い方をした。

里奈にはいつだって悩みがあった。家族からも、友だちからも、どこか浮いている。ママはおにいちゃんが一番だし、パパはママの言いなり。小学校でも中学校でも高校でも短大でも、何となくつるむ数人の関係に紛れ込んで、ランチは一緒に食べるし遊びにも行く。けれど、それだけ。クラス替え、卒業、顔を合わせる機会がなくなれば、関係は自然に切れた。

里奈は、誰からも、大事にされてはいないのだ。

寂しい。けれど、無理をして繋《つな》ぎとめるほど必要な縁でもない。「仲間」のなかにいるのは必要だけど、彼女たちと別れればほっとしている自分もいた。はやく帰ってひとりになりたい。好きなアニメが観たいしマンガが読みたい。好きなものの話をするために「仲間」は必要だったのだ。

短大を卒業しても、したい仕事なんかなかった。けど、生きていくために働くことは必要だった。

ドラッグストアのアルバイトを辞め、チェーンのカフェで働きはじめた。就職ではなくアルバイトだ。ママには、いろんな職業を経験してみたいから、と適当な嘘を言った。

「就職なんて、そんなに堅苦しく考えなくてもいいのよ」

ママは言った。

「女の子なんだもの。いずれは結婚するんだものね」

いずれ結婚？　するのだろうか。

「食べさせてくれる男のひとを、早く見つけなさい」

そういう価値観のひとに、里奈は育てられてきた。結婚しなければ、ママには認めてもらえない。

カフェの給料はたいしてよくなかった。けれど、ドラッグストアのアルバイトを続けながら大学に通っていたイケダは、里奈にひとり暮らしをするようしつこく要求した。

一年ほどのち、里奈は無理をしてアパートを借りた。イケダの目的など、当時だって、わかっていた。だけど、里奈はイケダの言うなりになった。

女は結婚すればいいからな。イケダもママと同じことをよく言っていた。女は楽だよ、結婚すればいい。子どもを産んで家庭に入れば男に食わせてもらえるもんな。

里奈の部屋に入り浸るようになったイケダは、家賃も電気代もガス代も水道代も払うことはなかった。食費さえ出さないのに、手料理を要求した。どう考えても、男を食わせてやっていたのは、里奈だ。

カフェの給料ではやっていけなかった。

里奈は、昼間のカフェに加えて、夜の街のバーでも働くようになった。

里奈はイケダの言うなりだった。

イケダのことが、そんなに好きだったのだろうか？

あとになってみれば、さっぱり覚えていない。

どうして、イケダなんかとつき合ったのか？

それまで、里奈とつき合いたいと思った男がイケダだけだったから、だ。

それ以外になにがあるだろう？

しかし、イケダは、里奈が自分を好きだと信じていた。

「男って、どんなに長所がなくても不細工でも、自分は女に好かれて当然だと思っているところがあるよね」

バーの同僚だった藍佳《あいか》ちゃんが言っていたっけ。

「あの自信って、どこから生まれるんだろう?」

里奈にはわかる。イケダも、里奈のおにいちゃんも、ママから愛されていた。おにいちゃんが里奈を殴っても、ママはおにいちゃんを叱らなかった。

「おにいちゃんは反抗期でいらいらするの。そういう時期があるのよ。我慢しなさい」

学校の成績だって、里奈の方がよかった。だけど、塾へ通わせてもらったのも、大学受験を許されたのも、おにいちゃんだけだった。里奈は条件付きだ。

「すべり止めは駄目。浪人も駄目。女の子なんだから、必要ないでしょう」

自動車の免許も、おにいちゃんはお金を出してもらえたのに、里奈は許されなかった。

「要らないわよね。うちにはそこまでの経済的余裕はないの。女の子なんだから、我慢しなさい」

男女平等。中谷家ではそんなものは存在しなかった。不平等を嬉々《きき》として振りかざしたママは特別。きっと、女の子よりは上の存在なのだ。けれど、里奈は女の子で、最下層の存在だった。

おにいちゃんは、女が機嫌をとるのが当たり前、周囲が気を遣うのは当然だと信じて疑わない人間になった。

イケダは、おにいちゃんに似ていた。不機嫌になると、ごみ箱を蹴る。壁を殴る。思いどおりにならないとすぐにふてくされて、里奈を無視する。なにかにつけて里奈を嘲り、小馬鹿にした口をきく。

「おまえはものを知らない」

「女のくせにこんなこともできないのか」

むろん、里奈だって黙っていたわけじゃない。反論はした。だけど、言い合ううち、途中でわけがわからなくなってくるのだ。

「そういうつもりで言ったんじゃない」

イケダは言う。

「おまえは曲解している」

「おまえに言っても伝わらないんだ」

「どうして理解できないかな」

気がつけば、いつだって里奈のせいにされていた。里奈の頭が悪いから、性格がひねくれているから、イケダの言動を誤解する。そういう流れになっている。

「おまえには、おっぱいしか取り柄がない」

そこまで言われたとき、里奈はつくづく思った。

もう厭だ。別れたい。


別れられなかった。

ケンちゃんと出会うまでは。

三

西森ユカは、A駅の南口、階段を下りたところで待っていた。

午後三時過ぎ。駅前の路上にひとの姿はまばらだった。里奈はほっと息をついた。駅の近くに私立の女子校があって、時間によっては学生でにぎわうのだが、下校時刻にはまだ早いようだ。よかった。

お金がかかることで知られた中高一貫校。親から愛されて苦労知らず。そんないいご身分の学生《ガキ》どもの騒々しい集団など眼にしたくはない。

「里奈ちゃん」

西森ユカは高々と手を挙げ、左右に振ってみせた。

「クリニックに来ないから、どうしたのか心配だった」

満面の笑みだ。心配というより、楽しんでいるように見える。里奈はむっつりしたまま頷くにとどめた。

「あ」西森ユカは笑った顔のまま訊ねる。「もしかしたら、けっこう調子悪い、感じ？」

「見てのとおり」

けっこう？　その程度なものか。馬鹿にするな。

「だいぶ調子悪い」

里奈は低い声で応じた。

「毎日ずっと、起き上がれない状態。今日だって、買いものがあるから、無理矢理に動いた」

「そうなんだ」

西森ユカは、探るような眼で里奈を見返した。

「一緒に住んでいる彼氏は、買いものをしてくれないの？」

「するわけがない」

苦々しく言ったものの、正確ではない。ちょっと前までは、してくれていた。職場からの帰り際に、ケンちゃんはかならずメッセージを送ってきていたのだ。

今から帰るよ。欲しいものとか、ある？

そのとき里奈が、アイスクリームが食べたい、と言えばアイスクリームを、チョコレートが食べたい、と言えばチョコレートを買って帰ってきた。

「やさしくないね、彼氏」

西森ユカが同情的に頷いてみせる。

「やさしくない。私のことを、まるで気にしていないもの」

そうだ。ケンちゃんが買ってきたアイスクリームは、里奈の好きなクッキー&クリームではなく、バニラだった。チョコレートもM社じゃなくL社の板チョコ。一緒に暮らして、一緒に過ごして、里奈の好みはわかっていてもいいはずなのに、ぜんぜん把握していなかった。

里奈のことなんか、見ちゃいないのだ。

違うよ、これ。

言えば、ケンちゃんはおろおろして、ぺこぺこ謝る。

ごめん、うっかりしていた。次は気をつけるよ。

そして、次にもまたバニラを買い、L社のチョコレートを買うのだ。もう、いちいち指摘して怒るのも疲れた。

「つらいよね」

西森ユカは周囲を見まわした。

「で、どこへ行くの」

A駅の周辺は、北口の方が開けている。駅前にチェーンのコーヒーショップとファストフード店、コンビニエンスストアにドラッグストアが林立し、バス停があって、タクシー乗り場もある。だが、南口は線路の高架に沿って駐輪場があるばかりで、商店はない。寂れきっている。だからこそ里奈はこちらの出口を指定したのだった。

「こっち」

里奈は歩き出した。

「男のひとって、つき合ってしまうと冷たくなるひと、多いね」

言いながら、西森ユカがついて来る。

「つき合う前は、やさしいように見えるんだけど」

そうだ。里奈は苦く思い返す。

ケンちゃんだって、イケダと違って、はじめはやさしく思えたんだ。

「甘いこと言って、期待だけさせるんだよね」

かつて、ケンちゃんは、言っていた。

しあわせにしてあげたいなあ。

言っていたのに、確かに。

「そんなに昔の話じゃないよ。でも、前に言った言葉なんて、すっかり忘れている」

高架沿いに三十メートルほど歩くと、小さな公園が見えてきた。

広さは二十平米くらい。山茶花《さざんか》と辛夷《こぶし》の木が無造作に植えられていて、そのあいだにベンチがあるだけの空間だ。

「ここで話そう」

里奈はベンチを指で示した。二人で腰を下ろすのがやっとの大きさの、背もたれのない、真ん中に鉄の仕切りがある木のベンチ。

「ここ？」

西森ユカが心外そうに口を尖らせた。

「どこか、お店はないの」

「見てのとおり、ないよ」

あるわけがない。店がない方角を選んだのだ。

「なにか飲みたいんだけどな」

里奈は今来た方向を指差した。

「自動販売機があったよ」

西森ユカは溜息をついた。

「お茶、買ってくる」

「行ってらっしゃい」

里奈は素っ気なく言ってベンチに座る。西森ユカは肩をすくめた。

「里奈ちゃんは要らないの」

「飲みたくない」

「座り心地は、どう？」

「最悪」

「見たまんまか。このごろのベンチって、いかにも人間に座ってほしくなさそうなデザインだよね」

あ。

同じこと、いつかケンちゃんが言っていたな。自動販売機に向かう西森ユカの背を見ながら、里奈は思い出していた。

バス停にだって、以前は椅子が設置してあったと思うんだけど、気がついたら寄りかかることしかできない鉄のパイプばかりになっていた。あれじゃ、ベンチに横になって昼寝、どころか座ってくつろぐこともできないよ。

そりゃ、ケンちゃんみたいなおじさんに、寝られたりくつろがれたりしたら、街の風紀が悪くなると考えているんでしょうよ。

誰が？

公園を作り、ベンチをデザインした、誰かが、だよ。

お役所の人間？　ホームレス対策なのか。だけど、俺だっていつかはそうなるかもしれないものなあ。ケンちゃんは笑っていた。

家は追い出されたし、この部屋も追い出されたら、行くところがない。公園で寝るしかなくなる。だけど、寝られるベンチはない。

里奈も笑った。追い出されないように努力しないとね。

楽しく会話をしていたのだ。そんなに昔の話じゃない。

「お待たせ」

ペットボトルのお茶を手に戻ってきた西森ユカが、里奈の横にどすんと腰を落とした。

「彼氏とは、まだ口をきいていないの？」

里奈は無言で頷いてみせた。

そうでもしないと、ケンちゃん、いつまで経っても私の気持ちがわからないままじゃない？

「長いよね」

「そうした方がいいって、言っていたよね？」

不服を言うより、突き放して考えさせた方がいい。いくら注意しても、彼氏は甘えるばかりだし、里奈の鬱屈は溜《た》まるばかりだ。以前、忠告してきたのは、西森ユカだった。

「でも、ケンちゃんは変わってくれない」

里奈は病気なのだ。もっと里奈を心配し、里奈にやさしくするべきだ。

「まず、奥さんと離婚しなきゃね」

そうだ。そもそも、それが筋だ。

「マンションから追い出せ」

そのとおりだ。なのに、ケンちゃんには、責任を取ろうという気配は微塵《みじん》もない。

「結婚をし、安定した生活を与えるべきだ」

本当にそうだ。いくら口先で心配しているふりをしたって、そんなの意味がない。

「といって、今の状態を続けても、里奈ちゃんがもっともっとつらくなるばかりかもしれないね」

そうかもしれない。里奈は深くうなだれた。

西森ユカは、おせっかいでおかしな女だとは思うものの、クリニックの医師より、里奈にとっていいことを言ってくれる。

「だって、ケンちゃんは変わらないでしょう？」

ケンちゃんは変わらない。

「いや、違う。変わった」

「悪い方向に、でしょう？」

そう。西森ユカはわかっている。ケンちゃんはもっとやさしかった。

「今、通院しているクリニックだって、ケンちゃんが探してくれたんでしょう？」

そうだった。インターネットで検索して評判のいい病院を片っ端からリストアップしただけ、ではあるが。それがなければ、西森ユカと出会うこともなかったのだ。

「里奈ちゃんが動けないから、料理をしてくれる」

このごろは手抜きだ。作り置きの冷凍ばかり。それも、カレーとシチューのローテーション。里奈が食べたい、と思うのが、カレーライスとシチューだけだから、ではあるが、手抜きと言えば手抜きだ。

「掃除だって洗濯だって、してくれる」

居候なんだもの、そのぐらいは当たり前。そちらも手抜きだ。掃除機をかけるだけ。職業柄か、キッチンはきれいにしているけど、棚の上は埃をかぶっている。蒲団カバーやシーツの交換は二週間に一度。まあ、ケンちゃんがベッドを使うことはまったくないのだが。

「郵便物のチェックもしてくれる」

といっても、里奈宛ての手紙なんてほぼ来ない。請求書とダイレクトメールとちらしだけだ。親とも連絡はしていない。メッセージや電話も来ない。里奈のことは心配ではないのだ。昔からそうだった。

「いっそのこと、ケンちゃんと別れた方が、里奈ちゃんのメンタルは安定するんじゃないかな」

否定できない。西森ユカの言葉は、おそらく当たっている。

「別れたら？」

西森ユカはうつむいている里奈の顔を覗き込んだ。

「出ていくかな？」

「出ていけって言えばいいんじゃない」

「言おうかな」

我ながら気のない調子だった。

「言っちゃえ」

西森ユカは身を乗り出した。

「そのぐらい言わないと、里奈ちゃんの本気は、ケンちゃんには伝わらないよ」

「だけどさ、それで、本当に」

続く言葉を、里奈は飲み込んだ。

本当に、ケンちゃんが出ていったら？

友だちもいない。親兄弟とも疎遠だ。いくら険悪な関係になろうと、里奈にはケンちゃんしかいない。

「別れた方がいいよ、里奈ちゃん」

西森ユカの声が熱を帯びている。

「病気だってなおる。楽になるよ」

「楽？」

里奈の声はうつろになる。

「私はさ、楽になりたいわけじゃないんだ」

多少は理解してくれているようでも、けっきょく、わかってないんだな、こいつは。

口のなかが乾いてきた。

「咽喉が渇いた」

西森ユカは嬉しそうに口もとをほころばせた。

「どこかお店に行く？」

里奈は軽く苛立った。しつこい女だな。店はない。

「自動販売機で買ってくるから、ちょっと待っていて」

立ち上がり、自動販売機に向かって歩き出した。

店に入るのは厭だ。他人との接触はなるべく避けたい。他人の視線に晒されたくない。そういう気持ち、わからないのだろうか。西森ユカだって、同じクリニックに通っているではないか。

しかし考えてみれば、西森ユカの病状を里奈は知らなかった。訊ねてみる気になったことはない。西森ユカの抱えている事情など、わざわざ訊くほど興味がなかった。自分のことだけで手いっぱいだ。

西森ユカは違う。里奈の現状が気になってならないようだ。こうして会いに来て、話をしたりして、変な女だ。

会うまでは気が重いし、うっとうしい。でも、こうして話をしていると、胸のつかえが少しは軽くなる。西森ユカの言葉は、ケンちゃんに対する里奈の行動を後押ししてくれる。

里奈は間違っていない。悪いのはケンちゃんだ。

自動販売機では、冷たい水を買った。

がたん。機械の奥から取り出し口に転がり落ちてきたペットボトルを摑んで、また歩き出す。ベンチで待っている西森ユカを見つめる。

確かに違う。化粧もしているし、ショートボブの髪はさらさら。オレンジ色のニットのブルゾンにジーンズ。カジュアルではあるが、いちおうは外出着だ。西森ユカは自分をよりよく見せようとしている。黒いだぶだぶのパーカーに毛玉のできたレギンスという部屋着のままですっぴん、ぱさぱさ髪をゴムでひとつに束ねただけの里奈とは、大いに違う。

通院仲間とはいえ、里奈ほど追い込まれてはいないのだろう。だから、里奈の気持ちを、底の底までは理解してくれない。

わかるわけがない。ケンちゃんは言っていた。

里奈ちゃんをしあわせにしてあげたいなあ。

里奈は楽になりたいわけではない。

しあわせになりたいのだ。

四

眼の前を、濃い緑のブレザーに、赤いチェックのスカートが横切る。女子高生が二人、三人と、公園の脇を通り過ぎていく。

下校時刻になったらしい。里奈はベンチに戻った。

「高校生？」

西森ユカの眼も少女たちを追っていた。

「そう。私立のお嬢学校」

「お嬢さま？」

「親は金を持っていて、若くて。毎日を謳歌《おうか》している時期じゃないの」

少女たちが笑い声を上げながら遠ざかる。

「楽しそうでいいね」

心にもない言葉を里奈は呟く。

「彼女たちは楽しそう」

「あのころ、里奈ちゃんは楽しかった？」

「そこそこ」

高校生のころ。十五歳、十六歳、十七歳、十八歳。楽しくなかったということはない。「仲間」はいた。いろんな馬鹿話をして、笑っていた。あの子たちと同じだ。でも、彼氏はいなかった。

だから、そこそこ。

笑って過ごせはするけれど、もの足りない。

恋愛がしたい、彼氏が欲しい。

あの時期の里奈は、熱望していた。友だちはいるけれど、学校はかったるい。勉強はつまらないし、ママはうっとうしい。

でも、恋人ができれば不満だらけの毎日は薔薇色《ばらいろ》に変わる。

信じていたのだ。そこそこの日々を、期待に胸をふくらませて生きていられた。

「楽しいのかも。今だけはね」

西森ユカが吐き棄てた。

「今だけだよ。どんなお嬢さまだろうが、私たちと変わりゃしない。いずれは地獄を見る運命」

おや。里奈は思った。ずいぶん毒がある。

「里奈ちゃんだって、彼氏に苦しめられている。恋人ができればみんな地獄を見る」

毒まみれだ。自分と同類じゃないか。

「ユカちゃん」

里奈は、訊いてみた。

「私みたいに悩みすぎて体調まで崩しているようには見えないよね。どうしてあのクリニックに通っているの」

西森ユカは、返事をしなかった。

三人、四人、二人。小さな組を作りながら学生たちが歩いていく。内容は聞き取れないものの、笑い声だけは届く。

あの中に、彼氏持ちは何人くらいいるのかな。すでに地獄を見ている子もいるのだろうか。

はやくも思い知ったろうか。恋愛なんてちっとも楽しくない。漫画や映画やゲームの仮想空間では、幸福な展開も望める。けれど、現実は絶え間ない失望の連続だ。ちょっと顔が可愛かろうが、おっぱいが大きかろうが、好きになった男には振り向いてもらえない。ようやくできた恋人は美形じゃない。ファッションセンスもよくない。そのくせ鏡ばかり見ているナルシスト。暴言を吐く。信じられないほど無神経な発言をする。性行為はたいがい期待ほどの快感はない。別れたい。この世には星の数ほど男がいる。だけど自分を好きになってくれる星は半径三百キロ以内に存在しない。以上が現実だ。思い知ればいいんだ。

彼氏さえいればしあわせになれる、なんて、とんだ幻想だ。

西森ユカは黙っている。

「答えなくていいよ」

里奈は言った。

「みんなそれぞれ事情はあるもんだよね。ごめんね」

やはり訊いてはいけなかっただろうか。訊かなければよかった。どうせたいした興味はないのだ。

「まともじゃないんだよ、私は」

西森ユカはようやく答えた。

「まともじゃない。自分でもわかっている」

これまでとは明らかに違う。声の調子が重い。

「そんなことはないでしょう。私には、ユカちゃんはじゅうぶんまともに見えるよ」

里奈としても、無難に受け流すよりほかにない。

「いいや、まともじゃないよ。依存症なんだと思う」

「依存症？　アルコールか薬物？」

「そうじゃない。他人」

「他人？　彼氏のこと？」

恋人ができれば地獄を見る、とつい今しがたも言っていた。

「執着しすぎるって、言われる」

「束縛しちゃうの？　誰でもそういう面はあるんじゃないかなあ」

仕事が終わったら連絡をよこせ。十時までには帰宅しろ。隠しごとはするな。誰かと会うときは報告をしろ。異性の知り合いとは会うな。

里奈だって、ケンちゃんを束縛もしているし、要求もしている。だけど、つき合うって、そういうことだよね？

「束縛、っていうのかな」

西森ユカは軽く首を傾げた。

「わからない。とりあえず行動はぜんぶ見張る」

「ぜんぶは無理じゃない？　自分と別行動を取るな、ってわけにもいかない。彼氏だって働いているんでしょう？」

「スマートフォンに位置情報アプリを仕込んで、自分の端末に連動させて、見張っている」

西森ユカはこともなげに言いはなつ。里奈は笑った。

「すぐにバレるよ、そんなの」

「バレない」

西森ユカは笑っていなかった。

「スマートフォンをいつも手もとから離さずにいるような用心深い男なら難しいだろうけどね。あちこちに置きっぱなしにしているような男なら、いつの間にか見覚えのないアプリが入っていても、まるで気がつかないよ」

ケンちゃんもスマートフォンをしょっちゅう置き忘れている。確かにケンちゃんなら気がつかなそうだ。

「たいがい画面にロックもかけていない。かけていたとしてもパスワードは生年月日だったりするからね。速攻で解除できる」

パスワードは生年月日。ケンちゃんも同じだ。

「アカウントにログインさえできれば、メールも検索履歴も連絡先も見られる。みんな紐《ひも》づいているからね。アカウントはメールアドレスだし、パスワードはまたしても生年月日。せいぜい自分のイニシャルをつける程度の工夫しかしていないんだもの。すぐに特定できた。で、ショッピングや無料動画の履歴を見れば、なにに興味があるかまるわかり」

「見たの？」

「見ている」西森ユカは頷いた。「普段は関心がなさそうな観光地のお寺とか、参道の老舗有名店とか検索していたら、旅行へ行きたいんだとわかるし、アダルト動画をやたら観てたら、一緒にいる女とはあまりいちゃついていないのかな、と思うし」

「アダルト動画まで？」

西森ユカは真顔で頷いた。

「巨乳とか美乳で検索している。おっぱい好きなんだよね」

ケンちゃんみたいだな。

「そんな方面の興味まで、まるわかり？」

「クレジットカードの情報も見られたし、それ以外の支払いもスマートフォンで電子マネーだし、お金の動きもすべて見える」

ケンちゃんも、このごろはほとんど現金など持ち歩いていないだろう。

学生たちが話しながら歩いていく。日差しが傾いたのだろうか。うっすら寒気がした。

空気が冷たくなったようだ。

「そこまで見られちゃったら、言いわけしても無駄だ。逃げ場がないね」

呟きながら、里奈は考える。

自分が、ケンちゃんを見張ったら、どうなるだろう。

「逃げるけどさ」

西森ユカは、淡々と続ける。

「まあ、いくら逃げても、連絡を絶っても、そいつの動きは手のうちにしっかり握っているわけだもの。逃げたって追いかける。そして毎日毎日、観察する」

「ストーカーみたい」

「そうだよ」

西森ユカは真顔で頷いた。

「私はストーカーだよ。まぎれもない」

おかしな女だと思っていた西森ユカは、だいぶヤバい女だと、里奈は理解した。同時に、今までにない親近感を覚えた。

西森ユカは病気だ。私と同じなんだ。

「つまり、ユカちゃんの依存症って、別れた彼氏に対してってことなんだね」

「別れた？」

西森ユカは薄笑いを浮かべた。

「別れたなんて、そいつが勝手に決めたことでしょう。私は納得していない」

「彼氏のことがまだ好きなんだ」

「好き？」

西森ユカは眼をほそめた。

「どうなのかな。ただ、怒ってはいる。納得できない」

「それが好きってことなんでしょう。たとえ怒りがあっても、好きじゃなくなったら、離れたくなるし、忘れたくなるもの」

イケダのことを思い出す。

「どうしてあんな男とつき合っちゃったのかと思うと、自己嫌悪になるくらい。なかったことにしたい」

「なかったことになんか、させない」

西森ユカの語気は荒かった。

「忘れたいとは思わないの？」

「忘れるわけがない」

まあ、そうだよな。イケダの言葉も仕打ちも、忘れられはしない。ときどき波のように押し寄せては、里奈を陰鬱な気分にさせる。

「自分を大事にしてくれない恋人や伴侶なんか、一緒にいてもしょうがないよ」

口にしたのは、いつかケンちゃんが言っていた言葉だった。

「彼氏が言ったの、それ？」

西森ユカが訊く。

「忘れて次を探せって、言った？」

そうだ、続けて、こう言ったんだ。

忘れて次を探すんだよ。

だから里奈はケンちゃんとつき合ったのだ。

「里奈ちゃんにはできる？」

「え」

不意を突かれた。

「里奈ちゃん、彼氏に大事にされているって、言える？」

話はやにわに里奈の上へと投げ返された。

「里奈ちゃんが体調を崩すほど悩んでも、奥さんとは離婚しない。ずるずると同じ生活を繰り返して、やさしくもない。甘えきっているんだ。里奈ちゃんは大事にされていないよね」

たたみかけるように言われる。ぐうの音も出ないほど、正しい。

「怒っていいよ、里奈ちゃん」

「怒っているよ」

だから具合が悪いのだと、医者も言っているのだ。

「もっと怒りなよ。今、ケンちゃんのことが本当に好きだって言える？」

西森ユカが身を乗り出した。

「怒って、忘れて、次を探したっていいじゃない」

＊

西森ユカとは、駅前まで戻って別れた。

里奈は、北口にまわって、ドラッグストアに寄り、ペットボトルのお茶と菓子パンを買ってから、部屋に戻った。

ドアの鍵を開けて、玄関に入って、深く息を吸い込む。

ほっとする。自分の部屋の匂い。

里奈と、ケンちゃんの匂いに満ちた、埃っぽく湿った暗い部屋。

西森ユカ。

忘れろ別れろって、しつこかった。大きなお世話だよ。恋人依存症のストーカー。自分でも言っていたけど、まともじゃない。あの女とつき合った男はぜったい不幸になる。

私の方がまともだよね。病気だけど、ケンちゃんを縛るけど、西森ユカよりはまだ、まとも。

そんなに昔の話じゃない。

里奈の働いていたバーに、お客としてケンちゃんが来た。それが出会いだった。誰だったか、職場の同僚のおじさんと一緒だったっけ。ケンちゃんは、里奈の話を聞いてくれた。

あのころ、里奈はイケダのことで悩んでいた。大学を卒業して、製薬会社に就職して、里奈の部屋に半同棲《どうせい》していながら、何年も何年も結婚しようとはしないイケダ。お金すら入れないイケダ。悪いやつだ。別れるべきだって、相談に乗ってくれた。

おっぱいしか取り柄がないって、言われた。

愚痴のオチは、それ。どのお客さんもそこで笑うのに、ケンちゃんは笑わなかった。

自分を大事にしてくれない恋人や伴侶なんか、一緒にいてもしょうがないよ。

穏やかに、諭すように、ケンちゃんは言った。

別れて、忘れて、次を探す。その方がいい。もっと自分自身を大切にしなきゃ。しあわせになるべきだよ。人間はみんな、しあわせにならなきゃ。俺はしあわせになりたいよ。里奈ちゃんもだよ。

なれるかなあ。

里奈は呟いた。

なれるよ。俺はしあわせになりたいし、できることなら、里奈ちゃんをしあわせにしてあげたいなあ。

言っていたよね?

そんなに昔の話じゃないのに。

今じゃ、ケンちゃんも、イケダとあんまり変わらないじゃない。

里奈は傷ついている。

疲れてもいる。働いてお金を稼ぐのは苦痛だ。男のひとと結婚をして、家のなかにこもって暮らしていきたい。

女の子だから、我慢をしなさい。

ママの言うとおり、里奈は我慢をした。我慢し続けて、大人になった。

ケンちゃんは、言ったじゃないか。しあわせにしてあげたい。里奈はしあわせになりたい。

しあわせじゃないのは、ケンちゃんが悪いからだ。

*

しあわせにしてあげたいなあ。
そんなことを言ってくれたのは、ケンちゃんがはじめてだった。
里奈には、ケンちゃんしかいない。

第四章

一

飯塚あやの一日は、占いではじまる。

月曜日から金曜日まで、仕事のある日も、土曜日曜の休みも、年休も祝日も、毎日毎日、変わらない。

スマートフォンの目覚ましアラームで起きたあと、粘着力の強い瞼《まぶた》をどうにか開く努力をしながら、占いアプリを開いて、今日の運勢を確かめる。

今朝の占いは、こうだった。

「よくも悪くも頼りにされる日。中立の姿勢を保つことが大事。不用意な発言は相手を傷つけます。笑顔を忘れないで。ラッキーアイテムは日傘」

寝床の中で、あやは小さく頷いた。

頼りにされる日、か。当たっている。今日は土曜日。仕事は休み。友人の西森ユカとランチの約束がある。また彼女の恋愛話を聞かされることになるのだろう。

もっとも、あいつは私に頼ったりはしていない、と言いそう。だって、話すだけで、相談じゃない。あやが忠告をしたところで聞き入れはしないだろう。

しかし、聞いてほしい、とは思っているわけだ。やはり頼ってはいるのである。

「中立の姿勢」か。難しいな。

だって、あいつ、相当に変なことをしているんだもの。

「不用意な発言」しちゃいそう。「相手を傷つけます」？　傷つくかな、あいつ。なにを言っても堪《こた》えないいんじゃないかな。頑固で強靭《きょうじん》な一白水星《いっぱくすいせい》だしな。

「笑顔を忘れないで」、うん、それくらいはできそう。

カーテンの向こうはとても明るい。強い日差しを感じる。日傘、持っていってもよさそうだ。

約束は十一時半。寝についたのは明け方だったたし、もうちょっと眠ってもいいかな。

相手は西森ユカだし、場所は近所にあるチェーンの喫茶店。コンタクトレンズはしないで、眼鏡でいい。気合いの入った化粧も服装も不要だ。

アラームを十時にかけ直して、あやはふたたび眼を閉じた。

緑から黄へ、葉の色がうっすら変わりはじめたいちょう並木の大通り。細長いビルの一階にある喫茶店は混んでいて、順番待ちの先客が四、五人ほど並んでいた。西森ユカの姿はない。珍しいな、とあやは思った。時刻は十一時二十七分。いつもなら自分より早く着いているのが習いなのに。

あやが列の最後尾に立つと、どこからともなく西森ユカが身を寄せてきた。

「あやちゃん」

いた。

「どこに隠れていたの」

「隠れてない。今来た。混んでいるね」

「お昼どきだし、土曜日だし」

「さっき前を通ってきたけど、Kコーヒー店は空いていたよ。そっちにしない？」

「いや、ここがいい」

あやはあっさりはねつけた。この店を指定したのは、デザートに季節限定メニューのモンブランが食べたかったからなのだ。伝えておいたはずだ。

「だよね」

西森ユカは素直に引き下がった。

「Kコーヒー店のホットケーキもおいしいんだけどね」

と思ったら引き下がっていなかった。

「あっちは一年じゅう食べられる。こっちは秋限定」

「だね」

西森ユカは空を見上げてまぶしげに眼を細めた。

「日差しがきついね」

「秋晴れだ。いいお天気」

あやもビルの上に広がる青い空を見た。

「日焼け止めをして来るべきだった」

西森ユカの言葉に、あやは頷いてみせた。

「日傘を持ってきた」

「こんな季節に？　用意がいいね」

店の中から二人の客が出ていった。

「ほら、すぐだよ」

白いシャツに黒いパンツ、黒いエプロンを身に着けた店員が顔を出して、二人の客を店内に招き入れた。

「ここの店員さんは感じがいいよね」

あやが言うと、西森ユカは口を尖らせた。

「Kコーヒー店のひとも雰囲気はいいんだよ。黒の上下にあずき色のエプロンも可愛い。この店ほど流行《はや》らないのはなぜだろう」

まだ言っている。

「値段だって、こっちの店の方が全体的に高い」

「メニューが魅力的なんだよ。ボリュームもある」

「Kコーヒー店のメニューだって悪くないのに」

しつこい女だ。わかってはいるが。

「ところでさ」

あやは話を変えた。

「彼は相変わらず？」

「相変わらず、だね」

西森ユカは即座に乗ってきた。

「面倒くさい女に引っかかって、逃げられずにずるずるしている」

「それでよその女と会っている？」

「会っているみたい」

「そうか」

ランチの前に、聞くべき情報はすべて得たようにも思う。しかし、これでおしまい、というわけにはいくまい。モンブランを食べ終えるまで、「彼」についての詳細をたっぷりと聞かされることになるのだろう。

「同じパターンだよね」

西森ユカはいまいましげに呟いた。

「本当に懲りない男」

あんたも、だよ。

あやの咽喉もとがうずうずする。

以前からずっと、同じパターンを繰り返している。いつまでそんなことを続けるつもりなの？

いや、辛抱だ。あやはバッグに手を入れ、日傘の柄を握りしめた。

「不用意な発言は相手を傷つけます」

辛抱、辛抱。

二

あやと西森ユカは、高校二年生の春、出会った。

たまたま同じクラスになった、という、平凡な出会いだ。部活動で華やかな活躍をするでもなく、不良でもなく優等生でもなく、あやも西森ユカも目立つ型《タイプ》の生徒ではない。それまでは、互いの存在を知らなかった。

話すようになったきっかけは、覚えていない。集団生活では、相寄るひとの群れが自然にできる。部活命のチームでも、不良のチームでも、優等生のチームでもなかったあやと西森ユカも、ごく自然に言葉を交わす仲になっていた。

「西森さんって、なに座なの？」

あやがこう質問したのも、自然の流れだった。

「かに座」

「同じだ」

あやは、続けて訊いた。

「血液型は？」

「A型」

「同じだ」あやはいくぶん驚きながら問いを重ねた。「誕生日は七月？　何日なの？」

「十五日」

「同じ」

あやは唖然とした。

「すごい偶然。こんなこともあるんだね」

動揺を抑えつつ、あやは言葉を探した。少しも嬉しくない。愉快ではなかった。自分という人間の特別性が薄れる気がしたのだ。

よりによって、同じ日になんか生まれてくれるな。

「でも、一年って、うるう年でも三百六十六日しかないわけだし、重なることもそりゃあるよね」

「あるね」

西森ユカも似たような感情を覚えたらしい。微妙な表情をしていた。

「ひとクラスの人数は三十五、六人。三百六十六分の三十六として、ほぼ十分の一。確率としては決して低くない」

「血液型だって、四つの型しかない」

「たった四つだけ。四分の一」

「しかも、日本人の四割がA型」

「たいしてすごくもない偶然だよ」

頷き合って、納得した。

「そもそもさ、占いなんて、当てにならないもんね」

西森ユカが言いはなった。

「そんなことはない」

あやは、憤然と言い返した。

こいつと自分が同じ運命？　そんなわけがあるものか。

実は、あやだって、そう思いはした。

だけど、当てにならない、なんてことはないのだ。なぜなら。

「占いって、当たるんだよ」

「当たることもあるかもしれないけど、さあ」

あやの勢いに気圧《けお》されたものか、西森ユカはやや弱々しく反論する。

「当たらないことだってあるでしょう」

「当たるよ」

あやは断言する。

「たまには当たるかもだけど」

「しょっちゅう当たる」

九星気学《きゅうせいきがく》の占いでは、あやは一白水星。

「明るくて、周りの人から愛されるあなた。恋愛についても積極的。燃え上がる思いを隠し切れません。けど、相手が引いてしまうこともあるから、気をつけて」

そうかな。そうかも。中学生のころ、野球部の坂本《さかもと》くんが好きだった。告白できずに終わったけど、話すたびに真っ赤になってしまっていたから、気持ちはばれていたのかもしれないな。

あやが一白水星、ということは、西森ユカも一白水星。西森ユカも同じだったりするのだろうか。

「信念を貫く強さ。緻密な計画性を持ち、遂行する。頑固で強靭。周囲との軋轢《あつれき》に注意してね。けれど、同時に柔軟性も併せ持つあなた。周囲からの信頼は抜群」

矛盾がある気もするが、納得できる。自分はそういう人間だと思える。

西森ユカも、そういう人間？

何だか、厭だな。

「そうだ」

あやは突破口を思いついた。

「西森さん、生まれた場所はどこ？」

西洋占星術では、出生地も重要な要素なのだ。生年月日や血液型が同じでも、運命はそこで大きく分かれるはずだ。

「東京都T区」

西森ユカの返事に、あやはほとんど絶望した。

同じだ。

あやは、占いを信じている。

しかし、西森ユカと自分に、共通項はほとんどないように思えるのも、事実だった。たとえば、家族との関係性においては、大きく違う。あやは両親と仲が良かった。とくに母親とはいろいろなことを話せたし、趣味も合った。気に入ったマンガを薦め合ったりしていたし、好きな歌手のライブには一緒に行った。

「信じられない」

西森ユカは言っていた。

「親となんか、ほとんど口をきかない。一緒に行動するとか、あり得ない」

あやは一人っ子だった。西森ユカには姉と弟がいた。

「姉ちゃんは性格が悪いし、弟はゴミ。話なんかしないよ」

一学期が終わるころ、あやは西森ユカに打ち明けた。

「石井《いしい》くん、いいと思わない？」

同じクラスでバスケットボール部所属、ひょろりと背が高く短髪が似合って、授業中もしょっちゅう冗談ばかり言って教師にたしなめられている石井くんを、あやは好きになっていたのだ。

「石井くん？　いいんじゃないの」

西森ユカは関心がなさそうだった。

「私は、岡崎《おかざき》さんひと筋だな」

「誰？」

西森ユカが恋をしていた相手は、岡崎という三十代後半の数学教師だった。


あやも西森ユカも、十七歳になった直後の夏休みの、ある日。

「今日は暇？」

あやは西森ユカに誘われた。

「出かけない？」

「いいよ」

どこへ行くともなにをするとも訊かないで、何の気なしに応じてしまった。待ち合わせ場所は学校に近いK駅の改札前。時刻は十二時半。おそらくどこかで一緒に昼ごはんを食べることになるだろう。あやが予想していたのはその程度の流れだった。

かんかん照りの真夏の真昼、地下鉄の階段を下りて改札前に着くと、西森ユカはすでに来ていた。改札あたりにはほかにひとの姿はなかった。

「行こうか」

西森ユカは、当然のように言った。

「どこへ？」

あやは面食らって、とりあえず訊いてみる。

「どこって、D町だよ」

「D町？　どうして？　行きたいお店でもあるの？」

どこに行くにせよ、まずは食べたいとあやは思っていた。あやが起きたのは十一時過ぎで、それからなにも食べていないのだ。

「岡崎さんの家。D町」

「はい？」

西森ユカの眼はきらきらと輝いていた。

「四丁目二十三番地のヴィラD町ってマンションの四〇五号室。行ってみようよ」

何で？　どうして？

あまりのことに思考が混乱する。

「家で会う約束でもしているの？」

「していないよ」

「じゃ、どうして行くの」

「どうしてって？」

西森ユカはきょとんとした表情をした。

「決まっているでしょう。会いたいからだよ」

あやも西森ユカと同じ表情をしていただろう。

何で？　どうして？　約束はしていないんでしょう。何で？

「家に行けば会えるじゃない？」

そりゃ、そうかもしれないけど、約束もしていないのに押しかけるの？　変だと思わないの？

胸のうちにはさまざまな言葉がぐるぐるとめぐっているのに、あやはなにも言えなかった。決まっているでしょう、と断言しきった、疑いも迷いもない西森ユカの態度に圧倒されてしまっていたのだ。

西森ユカのあとについてあやは電車に乗り、目的地へと向かった。

「岡崎さん、今日は家にいるかな」

冷房の効いた電車の中は、座席に空きがない程度には混んでいた。西森ユカは夢見るような眼つきで言った。

「夏休みって長いよね。会いたい。あやちゃんだって、石井くんに会いたいでしょう」

そのように言われれば、確かに理解できる。あやは同意を示すしかなかった。

「会いたいね」

「会いに行けばいいんだよ。住所はわかるでしょう。つき合うよ」

あやは即答した。

「無理」

「どうして？」

「どうしてって？」

ストーカーみたいだからだよ。今のあんたがやろうとしていることは、完全にストーキング行為だろう？　石井くん、ぜったい気味悪がって、どん引きしちゃう。ストーカー女だって、嫌われてしまう。

そんなの厭だ。無理。

「怖い？」

西森ユカはくすりと笑った。

「わざわざ会いに来た、と言わなければいいんだよ。物陰で待ち伏せして、家を出てきたところで偶然を装って声をかければいい」

それくらいならできないことはない。やってみたい気がしなくはないけど、でも、やらない方がいいように思う。

だって、どう考えても、ど直球のストーカーじゃないか。

やっぱり厭だ。無理。

「ユカちゃん、行くのやめようよ」

あやは、ようやく口にできた。

「約束もなしにいきなり家に訪ねて来られたら、岡崎先生も迷惑だよ。教師にだってプライベートな時間もあるし、プライバシーもあるんだよ」

「もし迷惑なら、そう言えばいいじゃないの」

西森ユカは平然としていた。

「なにも、強引に家に上がり込んだりはしたくないし、岡崎さんの邪魔をする気はないよ。迷惑だって言われたら、おとなしく帰ればいいだけ」

寒い。あやの肌に粟《あわ》が立つ。冷房の効きすぎだ。

「私は気にしない。大丈夫だよ」

あんたは気にしなくても私は気にする。ぜんぜん大丈夫じゃない。

「次だ。降りるよ」

西森ユカはあやの腕を摑んだ。

「ここまで来たんだ。引き返せないよ」

引き返せるでしょ。引き返そうよ。

「行こう」

厭だ、行かない。

きっぱり言って、腕を振りほどけばよかった。その後、何度も思った。しかしそのとき、あやにはそれができなかったのだ。

西森ユカにがっつり腕を摑まれたまま、あやは駅のホームに降りた。

ヴィラD町は、十一階建て、各階十室のマンションだった。

四〇五号室のインターフォンを鳴らしても、返答はなかった。

「出かけているみたい」

西森ユカは残念そうだった。

「帰ろうよ」

あやは心底ほっとしていた。

「思ったより大きなマンションだね」

西森ユカはまたインターフォンを押した。

「ワンルームか1DKくらいの建屋かと思っていた」

「どうして？」

「岡崎さんは独身だよ」

西森ユカはインターフォンを押し続ける。

「もうよそう」

あやは止めた。執拗《しつよう》すぎる。

「行こう」

「うん」

西森ユカはいかにも無念そうに唇を噛んでいた。あやは促す。

「行こうよ」

マンションのエントランスを出て、建物に沿って歩道を歩き出す。あやは嬉しかった。岡崎先生がいなくてよかった。空腹感が高まってもいる。

信号の脇、葉の生い茂った楠《くすのき》の木陰で西森ユカは立ち止まった。

「少し待ちたい」

「何で」

あやの声は悲鳴に近かった。

「近所に買いものに出ただけかもしれない。せっかく来たんだもの。待ちたい」

「おなかが空いた」

あやは半泣きになる。

「そうなの？　私は空いていない」

「はい？」

あやは耳を疑った。

「お昼ごはん、まだじゃないの？」

「お茶漬けを食べてから家を出てきた。この暑さだもの。食べておかないとバテるじゃない」

「はいいいい？」

昼に待ち合わせるなら、一緒に食事をするってことじゃないの、普通は？

「つき合わせちゃって、悪いね」

西森ユカは気の毒そうに言った。

「もう少し辛抱して。あとでなにかおごるよ」

辛抱できるか。ひとりで帰る。

きっぱり言って、その場を決然と去るべきだった。その後、何度も思った。しかしそのとき、あやにはそれができなかったのだ。

できないままに、けっきょく、二時間待った。

「帰ろうよ」

盛夏の昼下がり。灼熱《しゃくねつ》の炎天下。木陰は徐々に位置をずらし、日はまだまだ高い。

空腹は苛立ちへ変わっている。あやは強く言った。

「帰ろう。疲れた」

「うん」

西森ユカは残念そうに溜息をついた。

「帰るしかないか」

「近所じゃない。たぶん、遠くへ遊びに行ったんだよ」

言うと、西森ユカはまじまじとあやを見返した。

「どこへ？」

あやは怒鳴り返しそうになった。知るか。

「海とか、川とか、ディズニーランドとか」

怒りを抑えて、適当に列挙してみる。西森ユカの眼が見開かれる。

「誰と？」

知らん。あやは噛みつくように答えた。

「奥さんとお子さん」

「あり得ない」

西森ユカは大きくかぶりを振った。

「岡崎さんは独身だよ」

「じゃ、彼女とだ」

あやは意地悪く返した。

「違うよ」

西森ユカの声が大きくなる。

「独身だし、彼女もいないって、岡崎さんは言っていたもの」

あやは内心、呆れた。いつの間にそんな聞き取り調査をしていたのか、この女は。

「嘘をついたんだよ、きっと」

「どうして岡崎さんが私に嘘なんかつくの？」

たまりかねて、あやは絶叫した。

「知るか」

その後、西森ユカには、ダブルチーズバーガーとポテトのセットをおごらせたものの、あやにとっては間違いなく損をした一日だった。

三

あやが、占い師をはじめて訪ねたのは、冬休み。

母親とよく買いものに行く駅ビルで見かけて、気になっていたのだ。雑貨屋や靴屋のある四階の一角、エレベーター脇にある占いブース。西洋占星術とタロットカードの占いとあった。新宿とか銀座とか渋谷とか、地名を背負ったような有名な占い師を訪れる度胸はまだない。なにより有名どころの料金は高校生にはお高い。手はじめとしてはこのあたりが妥当ではなかろうか、とあやは考えたのだった。ブースの入口には料金表が掲げられている。恋愛や金運、仕事運といった個々のお悩みは一回二千円。総合は五千円。

五千円。決してお安いとはいえない。しかし、お年玉ももらったことだし、あやは奮発することにした。

「一緒に行こうよ」

西森ユカを誘った。

「占いが本当に好きなんだねえ」

西森ユカは鼻先で笑った。

「私たち、誕生日も血液型も同じなのに、似ていないよね。それでも信じるの？」

「その点を確かめるためにも、行ってみたいんだよ」

あやは身を乗り出して主張した。

「信じるか信じないかは、結果で決める」

一月初旬のその日、あやは薄笑いを浮かべる西森ユカとともに、占いブースへと赴いた。

占い師は三十代後半くらいに見える女性だった。

「はじめまして」

二メートル四方ほどに仕切られた狭いブース。占い師は机の前に腰をかけて待っていた。

「座ってください。お友だちもご一緒？」

「はい」

　あやは占い師と向かい合って座る。西森ユカは隣りの椅子に座る。

「この紙に」

　占い師はメモ帳のような白い紙を差し出した。

「お名前と生年月日、出生時刻と出生地を書いてください」

　紫のブラウスに白いパンツ。化粧が濃く、眉も瞼もまつ毛も唇も、くっきり。物腰は穏やかだが、そこはかとなく漂う強い気迫。あやは緊張した。ふだん接する相手にはいない型《タイプ》の女性だ。教師とはもちろん、美容師さんとも違う。独特の雰囲気。

　隣りに西森ユカが控えていてくれて、よかった。

「はじめまして、あやさん」

　記入を終えた紙を渡すと、改めて占い師は頭を下げた。

「占星術師の優莉《ゆうり》です。今日は総合運？」

「はい、お願いします」

「あやさんの星は、太陽がかに座、月がおひつじ座」

　優莉さんは、あやを占った。

　あやさんは、愛情深く、献身的です。内面には、強い自己主張があります。理想主義的といってもいいですね。自らの信念に基づいて愛するひとを選び、守り、戦う。それがあなたの人生の基本姿勢です。表面上はもの静かでも、内面には燃えさかる炎があります。

当たっている。ことごとく思い当たる。

あやは思うのだが、横で聞いている西森ユカは、ずっとにやにやしているようだ。

「あなたは、恋愛運？」

西森ユカの番が来て、紙を見た優莉さんは、きれいな眉根に皺を寄せた。

「あやさんと同じ？」

優莉さんはあやの顔を見た。あやは頷いた。

「本当に？」

「そうなんです。偶然なんです」

西森ユカがぼそっと言った。

「血液型も同じです」

途端、優莉さんの眉尻がぴりりと上がった。

「血液型は関係ありません」

叱りつけるように、言った。

「あれは疑似科学にすぎない。占星術とはまったく違います」

「すみません」

あやは慌てた。

「占星術には長い歴史があるんです。血液型など近年生まれた迷いごとです」

「ごめんなさい」

西森ユカもいささか怯えたらしい。謝っている。

「いいんですよ。出生時刻は不明、なんですね？」

優莉さんはやさしい口調に戻って、タロットカードをシャッフルしはじめた。

「同じ日、同じ地域で、ほぼ同時刻に生まれる子どもは何人もいます」

「ですよね」

あやは同意する。

「けど、その赤ん坊それぞれ、持って生まれた星も運勢も違うものなのです」

「ですよね」

西森ユカも頷く。

「そうでなくっちゃ」

あやは救われた気がした。西森ユカと同じ運勢だったらたまらない。友だちではあるけれど、話すぶんには楽しいけれど、でも。

西森ユカほどには、私、変じゃない。

「当たっていたよね」

占いを終えたのち、ファストフード店へ入ってから、あやは言った。

「私のも、ユカちゃんのも、当たっていたと思わない？」

「うまく誤魔化したね」

ユカは皮肉な口ぶりだった。

「星とかホロスコープとか、あやちゃんに関してはそれ系の話をしていたけど、私の番になったらタロットカードだけ。私たち、誕生日も出生地も同じでしょう。続けて同じ説明をするわけにもいかないものね。誤魔化したんだよ、ぜったい」

そう考えなくもなかったけれど、あやとしては優莉さんを信じたかった。

「五千円と二千円じゃ、占う方法も違うってことじゃないの」

西森ユカは首をひねりつつ呟いた。

「それだけかなあ」

「でも、タロット、当たっていたよね」

西森ユカはさらに首をひねってみせた。

「執念深いとか、先行き暗いとか、いろいろ言われたね」

恋の相手はむろん岡崎先生である。

「容赦がなかった」

実のところ、あやは大いに頷きながら聞いていたのだ。私が言ったって聞き入れやしないんだ。優莉さん、もっと言ってやって、もっと言ってやって。

しかし、西森ユカは不服そうだった。

「執念深いかなあ、私」

自覚しろよ。思いっきり深いよ。

「優莉って女、ひどくない？」

「優莉さんじゃない。タロットカードが言っていたことでしょう」

「あやちゃんの占いとはだいぶ違った。あやちゃんのときはいいことばかり言っていたのに」

「総合運だったしね」

「恋愛だってそうだよ。愛情深くて献身的で、男はみんなあやちゃんが好きになる、みたいなことを言っていた」

「だったらいいけどね」

その割には、石井くんとは進展がないんだな。不思議だ。

「けっきょく五千円と二千円の違いかなあ」

西森ユカはあくまで優莉さんを信じないようだった。

「同じ日、同じ地域で、ほぼ同時刻に生まれても、それぞれ、持って生まれた星も運勢も違うもの」


同じ言葉を、そのあと、あやは幾度も、幾度も聞いた。

傍《そば》にはたいがい西森ユカがいて、薄笑いを浮かべながら同じ言葉を聞いていた。

四

高校二年生のときから、二十年近い歳月が流れた。

西森ユカの恋愛話を、あやはずっと聞いている。

相談ではない。ただ、聞いている。聞かされるだけだ。西森ユカは忠告など求めてはいない。

あやとしては、言いたい言葉は、常にひとつである。

「やめておけ」

自分では言えない、そのひと言を伝えるため、占いに誘う。あやにとって、占いは「当たる」ものだった。

「好きだねえ、占い」

言いつつも、西森ユカは、たいがいあやについて来た。

*

四十分、待たされたあとで、ようやく喫茶店の席が空いた。

「今の彼とは、相性がすごくいいんだ」

あやは熱を込めて語っていた。

「四柱推命《しちゅうすいめい》ではものすごくいい」

「よかったね」

西森ユカはメニューに視線を落としながら応じた。

「私とあいつとは、どんな占いをしたって、相性は悪いんだよ」

おや、とあやは思った。

「占ったの？」

「あやちゃん、このあいだ言っていたじゃない。すごく当たるという評判の先生がいるから行ってみたいって」

「サラ先生？　ユカちゃん、行ったの？」

「あやちゃんは、まだ？」

「いっぺんは行きたいと思っているんだけどね」

そう、「今の彼」と実際につき合うことになったら、行きたい、と考えている。しかし、果たしてつき合えるだろうか。片想いのままはかなく散ってしまいはしないだろうか。これまでのように。

いいや、今度こそは、うまくいくはずだ。

これまでは、占うと、ひとつくらいはよくない卦が出ていた。けれど、今回は出ていない。西洋占星術、四柱推命、姓名判断、インド占星術、どの占いを試してみても、最強です、素晴らしいですと太鼓判を押してくれている。

彼との相性ばかりではない。運気の流れがいい。結婚運は最高潮だと、すべての占いが示してくれている。

今度こそは、確実に、うまくいくはずだ。

「ユカちゃんもかに座なんだから、結婚運はいいはずだよ」

西森ユカはメニューから眼を上げた。

「私は結婚をしたいわけじゃない」

「じゃ、どうして、彼を追うの？」

西森ユカの答えは、あやの予想とは違っていた。

「趣味みたいなものかな」

「はいい?」

「もちろん、最初は好きだったから、勝手に別れられて腹が立ったから、追いかけたんだよ。でも、今や趣味だね。毎朝、起きればすぐにスマートフォンで彼の動向を確認して、安心する。動きによっては、それに合わせてこちらも動く。一種のファン活動だよね。それをこうしてあやちゃんに報告するのも、めちゃくちゃ楽しい」

わかりきったことのように、西森ユカは続けた。

「趣味だよ。あやちゃんの占いと一緒だよ」

あやは声を荒らげていた。

一緒にするな。

*

二十歳のころ、あやは大学の一年先輩に恋い焦がれていた。

西森ユカは、まだ岡崎先生を追いかけていた。

「岡崎さんとの相性、あんまりよくないよ」

あやが言うと、西森ユカは笑い飛ばすのだった。

「相性なんかよくたって悪くたって関係ないじゃない。私が、好き、なんだから」

言われれば、黙るしかない。

先輩はやさしい。まあ、ほかの子に対してもやさしいけれど。なにより、あやとの相性は最高だ。

「ぐいぐい押されるのが苦手な彼。気長に機会を待ちましょう」

占いを信じ、待っているうち、先輩はほかの子とつき合いはじめた。あやは沈んだ。深く沈みはしたが、やがて浮上し、新しい恋に出会った。

西森ユカは、ようやく岡崎先生をあきらめた。そして次の恋をはじめた。

あやと西森ユカは、そうやって年を重ねてきた。

＊

あやはミックスサンドとコーヒー、西森ユカはみそカツサンドと紅茶を注文した。

「だってさ、あやちゃんだって一緒でしょう」

西森ユカが、うらめしそうに言った。

「一緒じゃない」

「今の彼、好きなんでしょう？」

「サラ先生も、言っていた。同じ誕生日でも、双子でも運命は違うって、言っていたけどさ。でも、やっぱりどこか似ているんじゃないかな」

似ていない。似ているわけがない。

たぎるほどの情熱を秘めている。占いにはそう出ても、夢見がちで臆病で、現実の一歩が踏み出せず、恋を逃す。あやはそういう人間だ。

西森ユカは夢など見ていない。脊髄反射で飛び出す。猛牛のように突進し、恋を逃す。ぜんぜん似ていない。真逆だ。恋に逃げられるのは共通しているが、恋のありようはどこも重なっていない。

「似ていないよ」

「似ているって」

「似てない」

ばっさりはねつけると、西森ユカは悲しげな眼つきになった。

「私たち、友だちじゃない?」

「そりゃ、友だちは友だちだけどさ」

「仲間ってことだよ。一緒だよ」

「仲間かもしれないけどさ、一緒じゃない」

西森ユカは、少し考えてから、ふたたび口を開いた。

「サラ先生のところで占ったとき、私、あやちゃんの名前を使ったんだよね」

「はい？」

あやは驚いた。

「どうして？」

「あやちゃんにつき合っていろんな占いをしたけれど、どこも結果はひどかった。あやちゃんの名前にしたら少しは違う結果になるのかなって好奇心がわいた」

「どうして」

あやはほとんど茫然とした。どうしてそんなわけのわからない、意味不明なことをするのか。

「でも、結果はよくなくてさ。どうしようと無駄なんだな」

西森ユカが自嘲するように笑った。

「結婚運がいくらよくても、あの男と私には関係がないみたい」

ずん、と、あやの胸に重い石がのしかかったようだった。

似ていない。

本当に？

＊

今度こそはうまくいくはず。

本当に？

第五章

一

西森ユカの一日は、ケンのチェックではじまる。

目覚めるとすぐ寝床のなかでスマートフォンを見る。ケンの現在地とカード決済の情報を確認する。月曜日から金曜日までも、土曜日曜も、年休も祝日も、毎日毎日、変わらない。さすがに仕事をしているあいだはケンに構っていられないが、理由《わけ》あって現在は無職。だから、思う存分ケンのことを考えていられる。

本日は土曜日。友人の飯塚あやとランチの約束をしている。友情はありがたい。ケンの話がたっぷりできる。このあいだはどこまで話をしただろうか。お好み焼き屋の女の話はしたと思う。

ユカは奥歯をぎりぎり噛んだ。

あの男、何て懲りないやつだ。

しかし、ケンに動きが見られないと、かえって不安になる。こうして行動が読めているうちは、苛立ちはするけれど納得はしている。

懲りない男、どうしようもない男なのだ、ケンは。

スマートフォンが振動し、メッセージが届いた。

あやちゃんかな。ひょっとしたら、今日は行けない、とか言い出すのか。あの子、いいやつなんだけど、変わり者だからな。

占いをチェックしたら厄日だった。北の方角には動けない、とか平気で言い出す。ユカと飯塚あやは、誕生日も血液型も生まれた土地も一緒。インターネット占いなら、ユカが占っても同じ結果が出てしまう。二重に不吉なわけだ。それで旅行を二回キャンセルされたことがある。飯塚あやは、占いにがんじがらめなのだ。たいして当たりはしないのに、決してそこに気がつかない。

しかし無理もない。そんな風に思いながら、ユカ自身だってインターネットの占いは見てしまう。とくにケンが目立った動きをしないとき。当たりはしない。そう思ってはいても、見ている。

インターネット占いの場合、たいがいユカとケンは互いに想い合っていて、あと少しでうまくいく。運命の日は五月二十日です。占い師が自信まんまんに指定した日は、なにごともなく過ぎ去る。そして占い師は悪びれることもなく告げるのである。あと少しでうまくいく。運命の日は九月三日です。

当たっていない。見事に当たっていない。

それでも気持ちのどこかでは、ほっとする。希望の糸が繋がったように感じられる。懐疑的な自分ですらそうなのだから、占い信者の飯塚あやがどっぷりはまり込むのも仕方がないのだろう。

あやちゃん、今日は駄目なのかな。いっぱい喋《しゃべ》りたいのにな。

ユカは眉を寄せながらメッセージを見た。

『立野マリです』

マリ？

何で、どうして立野マリ？

＊

手紙を書いても無反応だったお好み焼き屋の女・立野マリ。まあ、それが普通だろう。ケンの妻である高林みさ子も同様だった。そもそも手紙を読んではいないのだ。知らない名前から届いた手紙。ひとまずは無視しておくのが無難だと考える。自然である。

で、会いに行ってみた。

高林みさ子のとき、事態は大きく動いた。ケンは家を追い出され、中谷里奈の部屋へ転がり込んだ。

立野マリの反応は、拍子抜け、だった。

ケンが言い寄っているのは、確かだ。一緒に食事もしている。しかし、旅行はしていない、みたい。まだ粉をかけはじめたばかり。そんな感じ。あの女はそんなに乗り気ではないように見えた。

ケンの生活上、職場以外で女との接点はない。中谷里奈とは出かけていない。高林みさ子や息子にも会っていない。では、ケンは、どこの誰と日帰りとはいえ旅行へ行ったのか?

立野マリは、表情の乏しい、あまり男慣れはしていなそうな、さえない女だった。ああいう女の内心は読みにくい。しかしケン好みで胸は大きい。その点は、高林みさ子や中谷里奈と共通している。不本意ながら、ユカ自身とも。案外、舞い上がってころっとケンに口説き落とされたのかもしれない。容疑者はやはり立野マリしかいないのだ。

そこで、会ったあとで、ユカはまた手紙を書いたのである。先日は失礼しました。ケンは誰にでも手を出す最低な破廉恥野郎です。どうか自分の身をお守りください。なにかあったらご相談ください。どうせ読みはしないと思っていたが、こちらのメールアドレスを記しておいた。

そうしたら、手紙を送った三日後に、立野マリからメッセージが届いたのだ。

『立野マリです。お手紙ありがとうございます』

ユカは驚きもし、嬉しくもあった。

『赤の他人である私のことをお気遣いくださってありがたく思います』

そうかそうか。で、ケンのことを正直に話してくれる気になったのかな？

が、続く立野マリのメッセージは、ユカの期待に反するものだった。

『西森さんは、ひとり暮らしですか？』

おかしなことを訊くものである。

ひとりです。

首を傾げつつ返信する。

『子どもを預かってほしいのですが、お願いできますか』

はい？

思わず声が出た。

赤の他人。つい今しがた、自分で言っていたじゃないか。その赤の他人に向かって、唐突になにを言い出すのだ。ずうずうしい女だな。

あまりにも想定外の申し出すぎて、さすがにすぐ反応はできず、即答は控えた。メッセージは続けて来た。

『もちろん今すぐじゃありません。近いうちです。そのときになったら連絡はします』

他人にものを頼む、しかもかなり無茶ぶりの依頼にしては、どことなく偉そう。

『お礼はします。ケンさんに会いたければ、会えるようにしてあげます』

うわあ、やっぱり偉そう。ユカはあきれた。何という非常識な女。ケンは、本当にどんな女だろうと口説くんだよな。胸さえでかければ。

約束はできません。ほかのお友だちに頼んだらどうですか。

ユカが返すと、立野マリの答えはこうだった。

『友だちはひとりもいません』

だろうな。ユカは深く納得した。

あんた、友だちいない型《タイプ》だよね。よくわかるよ。

『私のことを心配してくださるのは西森さんだけです』

待て。あんたの身を心配なんかしていない。ケンが気になるだけ。いくらそれらしい文章を綴《つづ》ってあっても、行間を読み取れよ。国語の成績は悪かっただろうな、こいつ。

『なにかあったら相談してくださいって書いてありましたけど?』

ケンに関することに限るよ。子どもがどうとか、ぜんぜん関係ないじゃないか。頭がどうかしているんじゃないか、この女。

ユカはメッセージをそれ以上返さなかった。立野マリからのメッセージは、五分ほど経ってから、来た。

『そのときが来たらまた連絡します』

＊

まさか、あの話の続きではあるまいか。

ユカは渋面になりながらメッセージを読んだ。

『今日、子どもを連れていきます。お願いできますか』

やっぱりだ。ユカは舌打ちをした。

できねえよ。

時刻を確かめる。十時過ぎ。飯塚あやとの約束は十一時半。あやちゃんもどうせ暇だろうし、ランチついでに語りたいことはたくさんある。

ユカは、返信をしなかった。

あんたになど、構っていられない。あんたと違って、私には友だちがいるのでね。

二

飯塚あやとは、いちょう並木の大通りにある喫茶店で待ち合わせていた。順番待ちの五人ほどの列の最後尾に、飯塚あやの小柄な背中が見えた。混んでいるな、と愉快ではない気分になる。

この店より、Kコーヒー店の方が落ち着いているし、メニューも似たようなもの。でも、あやちゃんはこっちが好きなんだよな。季節限定メニューが食べたいとか言っていた。和栗《わぐり》を使ったモンブランがどうとか。確かにおいしいんだろう。でも、和だろうが洋だろうが、栗は栗。砂糖をたっぷり使って混ぜちゃえば、味に大差ないようにも思えるんだがな。ま、それを言っちゃいけない。

「あやちゃん」

声をかけると、飯塚あやは少し驚いたように振り向いた。

「どこに隠れていたの」

「隠れてない。今来た」

秋にしては日差しが強く気温も高い。ユカは汗ばみ、咽喉も渇いている。はやく席に座って冷たいものが飲みたい。Kコーヒー店、さっき通りかかったときに見た感じでは、さほど混んでいなかった。あっちへ行きたい。

言ってはみたものの、ユカの提案は瞬時に拒絶された。口調、表情、態度、すべてが和栗モンブランを欲している。行きたいところ、食べたいもの、飯塚あやの意見ははっきりしている。

そのくせ、人生全般は占いに頼っているんだから、おかしなものだよね。

「彼は相変わらず？」

飯塚あやが訊く。ここで訊くか。立ち話じゃなく、座ってじっくり語りたい。

「同じパターンだよね。本当に懲りない男」

そのパターンをこと細かに話したいんだ。

ユカのボディバッグの中で、ぶるるるる、と、スマートフォンが振動した。

「うわ」

ユカは顔を歪めた。

「どうした？」

「たぶん、あいつ」

バッグの中からスマートフォンを取り出す。やはり「あいつ」だった。

『約束していた子どもの件、お願いします。ひと晩でいいです』

いやいや、約束なんかしてねえから。

「めちゃくちゃ厭そうな顔をしているけど、なに?」

飯塚あやは、ユカの顔を覗き込んできた。

「話したかな、お好み焼き屋の女?」

飯塚あやが、誰? という表情になる。が、すぐに気がついたようだった。

「彼の女?」

微妙なところだが、そうとしか言いようがない。

「その女とも、連絡を取り合っているの?」

飯塚あやには、高林みさ子や中谷里奈との交流についても、すべて話をしてある。

「連絡、取るようになったといえばなったんだけど、おかしいんだよね、こいつ」

「おかしい?」

「子どもを預かれ、とか言っている」

「なにそれ」飯塚あやが眼を見開いた。「意味がわからない」

本当、私も同じ。意味わからん。

「子どもって、彼の子ども?」

「そんなわけないでしょう」

ぶるるるる。ユカの手のひらの上に、新たなメッセージが届く。

『夜には連れていきます。お願いします』

無視、だ。それしかない。

けれど、と、ユカはいくぶん不安になる。手紙。封筒には記さなかったが、本文にはメールアドレスと住所を書いておいた。読んでいないのだから、棄てたのだろうとは思うが、もし処分していなかったら？

立野マリはユカの住まいを知っている、ということだ。

ユカの住んでいるマンションは築年数が古く、出入口はオートロックではない。夜、部屋のドアの前で、子どもを連れて待っていられたらどうしよう？

「あああ」

ユカはうめいた。

「どうした？」

飯塚あやが心配そうに訊ねる。

「こいつ、今夜、家に押しかけて来るかもしれない」

「困ったね」

「非常識だよ。信じられない」

ユカが吐き棄てると、飯塚あやは口もとを震わせた。

「そう、だよねえ」

「迷惑きわまりない」

『返事をください。高林さんについて、最新の情報がありますよ。知りたくはないんですか』


「そうだ、そうだ」

「ヤバいやつでしょ、こいつ」

「私も、本当にそう思う」

ぶるるるる。ユカの困惑をものともせず、またメッセージが届いた。

『返事をください。高林さんについて、最新の情報がありますよ。知りたくはないんですか』

馬鹿が、笑わせるな。あんたに訊かなくても、探り出してみせる。これまでずっとそうしてきたんだからな。

「今日の夜、うちへ来る？」

飯塚あやが言った。

「泊まっていってもいいよ。ひさしぶりにユカちゃんと会えれば、うちのママも喜ぶと思う」

「ありがとう」

ユカのあきれや戸惑いは、じわじわ怒りに変わりつつあった。

なめるな。私の方が、何十倍も、何百倍も、あの男のことを知っている。

「でも、大丈夫。来るなら来い。叩き返す」

「ユカちゃんは強いな」

飯塚あやはしみじみと首を振った。

「でも、無理しちゃいけないよ。それほど非常識な女なんだから、下手に刺激して刺されでもしたら大変だ」

「刺し返す」

「いけないって。このあいだも、それで職場を辞めたばかりじゃないの」

飯塚あやの言うとおりだった。

勤めていた居酒屋で客のおっさんと揉《も》め、馘首《くび》になった。原因は、会計時の態度が悪い、とおっさんに絡まれたからである。ユカも最初は謝った。が、おっさんは、謝る態度が悪い、と言いつのった。

おまえ、接客して金をもらっているんだろう。誰のおかげで生活ができるか考えてみろ、馬鹿。

そこまで言われてユカも逆上した。てめえのおかげじゃねえ、屑。

怒鳴り返すと、どん、と肩を突かれた。ユカはおっさんの股間を蹴り上げた。おっさんはその場に崩れ落ちた。その後、よろめきつつ立ち上がったおっさんは警察を呼び、ユカは近所の交番へ連れていかれた。

おまわりさんからは訓戒で済みはした。が、店長には今日かぎりで来なくていいと申し渡された。その夜からユカは無職である。

「あれは正当防衛だよ。警察も認めた」

「ユカちゃんはそういう気質だもんね」

わかるけどさ、と、飯塚あやは溜息をついた。

「そもそも、彼と出会ったのだって、ね」

*

はじめてユカと会ったとき、ケンは、すでに結婚生活に倦《う》んでいた。

当時、ケンは中華料理店に勤めていた。

ケンの店は、ユカが働いていたチェーンのディスカウントショップと同じ通りにあった。ある夜の九時、ユカと同僚のサワちゃんは、仕事上がりに食事をしに行ったのである。それまでも二、三回はその中華料理店へ行っていたが、ケンの存在は知らなかった。

サワちゃんは、ユカより三歳齢上の、やさしい独身男性だった。勤務も重なることが多く、仲が良かった。その夜まで、ユカはサワちゃんが好きだった。

瓶ビールを一本、餃子《ギョーザ》とレバニラ炒めとチャーハンを頼み、二人で分け合った。なごやかな晩餐《ばんさん》。瓶ビールを追加。サワちゃんは、頬を赤くしていた。また一本、また一本と、瓶ビールが空いて、追加の一本を頼んだ。

ラストオーダーですよ、と、店員が言った次の瞬間、サワちゃんは噴火した。

何だと、足りねえ、もっと飲ませろ。

サワちゃんの暴走を、ユカは止めたのだ。ビールは飲んでいたが、さほど酔ってはいなかった。冷静だった。やめよう、サワちゃん、出よう。飲みたいならよそへ行こう。穏やかになだめた。だが、眼が据わったサワちゃんはユカの言葉を聞かなかった。わけのわからない怒声を上げ続け、挙句の果てに言いはなった。

うるせえ、ばばあ。てめえなんかお呼びじゃねえ。消えろ、ブタ。

気がついたとき、ユカは割れたビール瓶を手にし、サワちゃんは頭を押さえて床に転がっていた。

留置場という場所を、ユカははじめて体験した。

記憶している電話番号なら、ひとりには連絡していいと言われた。実家の番号と飯塚あやの番号しか覚えていない。親には断固知られたくないし、飯塚あやに対してはきまりが悪くて、どちらへも連絡はしなかった。留置場には五人ほど先客がいた。六十代に見える女から二十歳そこその女まで、幅広い年齢層だった。ドラッグ使用、売春、違法滞在者。みな、気軽に自分が留置された理由を語ってくれた。暴行現行犯はユカだけだった。

「男、ぶん殴ってぶっ倒したの？」

二十歳そこそこのドラッグ娘は感嘆の声を上げた。

「格好いいね、あんた」

六十代の売春女も褒めてくれた。

「あたしも見習いたい」

留置場仲間たちからは尊敬の眼で見られたものの、当然、喜べはしなかった。

その後、中華料理店へ、ユカはおわびの挨拶に行った。話をしたのは店主である。塩辛い顔をしながら、言った。ああいう騒ぎを起こされる方々には、この店へは出入りしないでくださるとありがたいですね。すると、背後から声がした。

このひと、悪くないですよ。俺、見ていました。

それが、ケンだった。

三

四十分、待ったのち、ユカと飯塚あやは、喫茶店の奥の席へ案内された。

「あきらめたかな、あの女」

飯塚あやが呟く。立野マリからのメッセージは、ひとまず届いていなかった。

「だといいね。おかしな女」

クリーム色の壁に、大きなテレビがかけてある。女子テニスの中継が流れているが、音声は出ていない。テレビの真下の椅子に、ユカは腰を下ろした。向かいの席に飯塚あやが座る。

「ユカちゃんは、好きになるといつも一直線だもんね」

テレビの画面に眼をやりながら、飯塚あやが言った。

「行動力がすごいよ。私には真似《まね》できないな」

ユカと飯塚あやは、高校二年生の春、出会った。

*

「西森さんって、なに座なの？」

飯塚あやから訊かれたときは、ただの挨拶みたいなものだとユカは思っていた。

「かに座」

まさか、飯塚あやがどっぷり占い漬けの人間だとは考えていなかったのだ。

「同じだ。血液型は？」

「A型」

「同じだ。誕生日は七月？　何日なの？」

「十五日」

「同じ。すごい偶然。こんなこともあるんだね」

飯塚あやは驚いていた。ユカも少なからず意外に感じはした。しかし、飯塚あやほどの衝撃は受けていなかった。

「でも、一年って、うるう年でも三百六十六日しかないわけだし、重なることもそりゃあるよね」

「あるね。ひとクラスの人数は三十五、六人。三百六十六分の三十六として、ほぼ十分の一。確率としては決して低くない」

小学生のとき、同じ誕生日の同級生がいた。しかも、ユカとは気が合わなかった。

ユカちゃん、襟が曲がっているよ。

またそのスカートをはいているの。ほかに服を持っていないの？

あら探しをし、大勢の前で指摘をし、笑っている。いやな女だった。それでよけいに、誕生日なんか、ましてや星座など、どうでもいいと考えるようになっていたのだろう。

「血液型だって、四つの型しかない」

「たった四つだけ。四分の一」

「しかも、日本人の四割がＡ型」

「たいしてすごくもない偶然だよ。そもそもさ、占いなんて、当てにならないもんね」

ユカが言うと、飯塚あやは怒り出した。

「そんなことはない。占いって、当たるんだよ」

「当たることもあるかもしれないけど、さあ。当たらないことだってあるでしょう」

だって、星占いって、性格とかも決めるじゃない。あんたと私、似ているの？　少なくとも、あんたは占いを信じていて、私は信じていない。その点だけでも違う。

同級生のあいつだって、誕生日は同じでも、自分とは似ていなかった。はっきり言って、くそ女だったよ。

「当たるよ」

飯塚あやは譲らなかった。

「たまには当たるかもだけど」

「しょっちゅう当たる」

飯塚あやは、いろいろな占いを教えてくれた。ユカはふんふん頷きながら聞いていたが、信じる気にはなれなかった。

「西森さんも私も、一白水星でしょう。『明るくて、周りの人から愛されるあなた。恋愛についても積極的。燃え上がる思いを隠し切れません。信念を貫く強さ。緻密な計画性を持ち、遂行する。頑固で強靭。周囲との軋轢に注意してね』」

まあ、当てはまらないことも、なくはない。が、なにをどう言われても、ひと言で論破だ。

だって、私たち似ていないじゃない？

ある日、飯塚あやに打ち明けられた。

「石井くん、いいと思わない？」

へええ、そうなんだ。

内心、驚きもし、安堵もしていた。

ほら、やっぱり似ていない。

ユカが好きだったのは、数学教師の岡崎先生だった。中学生のころから、数学は好きではなかった。授業を聞いていてもよくわからない。高校生になると、もはやちんぷんかんぷんだった。それで中間テストの前のある放課後、教科書とノートを抱えて質問に行ったのである。

何度も何度も、説明をされ、そのときは理解したように思えた。しかし、問題を解く段になると、まったく歯が立たなかった。中間テストの結果は、悪かった。が、テスト用紙を返すとき、岡崎先生はにっこり笑ってこう言ったのだった。

今回の点数はともかく、数学はおもしろいし、問題を解くのは快いものだよ。西森もその魅力に気がついてくれたなら、嬉しいね。

舞い上がるような気分になった。嬉しいんだ、岡崎さん。

「岡崎さん？」

飯塚あやの眉間に縦皺が寄った。

「齢上が好み？」

「年齢は関係ない。岡崎さん、いいよ。可愛いじゃない」

ユカがうっとりと言うと、飯塚あやの眉間の皺はさらに深くなった。

「小さいから？」

ユカはむっとした。岡崎先生の身長は確かに男性としては低かったが、その言い方はないだろう。

「私たちにはわからない問題も解ける頭があるしさ」

「教師だからね」

飯塚あやには、岡崎先生の良さはまるきり伝わらないようだった。

それでいい。彼を好きになるのは自分だけでいい。

ただ、彼への想いを語れる相手でいてさえくれればいい。

岡崎さんに会いたい。

夏休みに入ると、ユカは我慢ができなくなった。

岡崎さんに会いたい。

飯塚あやを誘い出し、岡崎先生の家まで行くことにした。あやちゃんだって、石井くんに会いたいだろう。この気持ちはわかるはずだ。

しかし、飯塚あやは共感ではなく、はああああい？　と奇声を上げて戸惑いを表明した。

「家で会う約束でもしているの？」

「していないよ」

「じゃ、どうして行くの」

どうしてって？　こっちが訊きたい。どうしてそんな質問をするの？

「決まっているでしょう。会いたいからだよ。家に行けば会えるじゃない？」

あやちゃんだって、石井くんに会いたいでしょう？

「会いたいね」

会いに行けばいいんだよ。住所はわかるでしょう。つき合うよ。

「無理」

どうして？

真夏の炎天下、二時間張り込んだが、岡崎さんとは会えなかった。

「帰ろう。疲れた」

飯塚あやは不機嫌になっていた。ユカとしてもさすがに帰るしかない。

「近所じゃない。たぶん、遠くへ遊びに行ったんだよ」

心なしか、言い方がとげとげしい。

「海とか、川とか、ディズニーランドとか」

そんなところ、誰と行くって言うの？

「奥さんとお子さん」

岡崎さんは独身だよ。

「じゃ、彼女とだ」

違うよ。独身だし、彼女もいないって、岡崎さんは言っていたもの。

夏休み前、期末テストでわからなかった問題について、岡崎さんに質問に行ったとき、訊いたのだ。

岡崎先生、夏休みはご家族で旅行とかするんですか？

その予定はないよ。ひとり者だしね。

彼女とどこかへ行けばいいのに。

ははは、いればね。

ねえ、これって、彼女はいないって言っているよね？　そうだよね？

「嘘をついたんだよ、きっと」

どうして岡崎さんが私に嘘なんかつくの？

「知るか」

ユカは唇を噛むしかなかった。

そうだ。あやちゃんが知るわけがないのだ。私にだってわからないのに。

ユカは「張り込み」に、飯塚あやをつき合わせたばかりではない。ユカだって誘われればいくらでもつき合うつもりだった。

しかし、飯塚あやは、石井くんを直接追おうとはしなかった。代わりに「占い」にすがった。

「私と石井くん、相性、めちゃくちゃいいんだよ」

ユカは、この言葉を、毎日のように聞かされ続けた。

そりゃ、どう行動しようが、あやちゃんの自由だけどさ。

ユカは内心、嘆息した。

毎日毎日、占いを気にするより、もっとほかにやれることはあるんじゃないかな。

とはいえ、ユカだって、岡崎さんに質問に行く以外、なにもできはしない。悶々《もんもん》と思いつめ、一歩も進まない。そして、ユカも飯塚あやも、互いに胸のうちを熱く語り合う。

いのだ。
ユカとしては不本意ではあるが、積極行動を取ろうが取るまいが、結果的には大差がな

一月初旬のある日、ユカは飯塚あやに引っ張られて、占い師のもとへ赴いた。

「いくら？」

「総合運は五千円」

「高い」

ユカがぼやくと、飯塚あやは口を尖らせた。

「高くないよ。ずいぶん安い方だよ」

つき合いきれない。ユカは恋愛運だけを占うことにした。

顔立ちのはっきりした女性占い師・優莉は、ユカと飯塚あやの誕生日が同じことに驚いたようだった。が、すぐにこう言った。

「同じ日、同じ地域で、ほぼ同時刻に生まれる子どもは何人もいます。けど、その赤ん坊それぞれ、持って生まれた星も運勢も違うものなのです」

そうだ。そうだよ。

あやちゃんは好きだけど、私、あやちゃんとは違う。似ていない。あやちゃんほど変わり者じゃない。

ユカの恋についての、占い師・優莉の占断は、辛辣だった。

「当たっていたよね」

飯塚あやは満足げだったが、ユカは不満だった。

あなたは執念深い。この恋は暗雲が見える。相手の男性に新しい恋。先行きは暗い。

「優莉って女、ひどくない？」

あやちゃんのときは都合のいいことばかり言っていた。だからあやちゃんは当たっているると納得できるのだろうけど。

「けっきょく五千円と二千円の違いかなあ」

優莉なんか信じるものか。


ほかの占い師は、もしかしたら違うのかな。

「同じ日、同じ地域で、ほぼ同時刻に生まれても、それぞれ、持って生まれた星も運勢も違うもの」

確かめてみたい気も、するな。

*

飯塚あやの占い行脚は、以後ずっと続いている。ユカは、たいがいあやについて行った。

四

飯塚あやはミックスサンドとコーヒー、ユカはみそカツサンドと紅茶を注文した。

「今の彼とは、相性がすごくいいんだ。四柱推命ではものすごくいい」

いかにも嬉しそうに、飯塚あやは語る。ユカも大きく頷いてみせる。

「よかったね」

でも、彼に直接行動はなにひとつ起こしてはいない。あやちゃんは、ひたすら待ちなんだよな。

「私とあいつとは、どんな占いをしたって、相性は悪いんだよ」

「ユカちゃんもかに座なんだから、結婚運はいいはずだよ」

「私は結婚をしたいわけじゃない」

ユカは一度だってケンに離婚を求めたことはない。

好き、だから。相性なんか良くたって悪くたって、関係ない。私が、好き、なんだから。もっと会いたい。もっともっと会いたいと、望んだだけだ。

会って大事にしてほしい。そう求めただけだ。

「じゃ、どうして、彼を追うの？」

「趣味」

ケンが逃げたから、だ。

ユカちゃんは強いし、大丈夫だろう？　などと、勝手に決めつけて、中谷里奈に乗り換えた。

ユカは、納得できない。できるはずがない。追うしかないではないか。そして、気がついたら、追うことそのものが楽しみになっていた。

『お礼はします。ケンさんに会いたければ、会えるようにしてあげます』

立野マリからのメッセージを思い出した。

ケンに会う？　ただ会うだけなら、簡単だ。会いたかったら、何としてでも会ってみせる。もしストーカーとして訴えられても、警察も留置場も、とっくに経験済みだ。怖くなどない。

『礼』など不要だ。会うことなど求めていない。

ただ、ケンの現在を知りたい。追っていたい。こうなれば立派な「趣味」だ。

「あやちゃんだって一緒でしょう。今の彼、好きなんでしょう？」

「好きだけど」

ほら、一緒だ。好きだから、納得できるまで、占いを続けるんでしょう？　私も自分を納得させるまで、ケンを追う。それだけ。

「サラ先生も、言っていた。同じ誕生日でも、双子でも運命は違うって」

ユカは、自分の正確な出生時間を知らない。

高校生のころ、飯塚あやの影響もあって、母親に訊ねてはみた。母親は、さあね、と首を傾げた。母子手帳に書いてあるかもしれないけど、忘れちゃった。

飯塚あやの母子仲は良好だが、ユカと母親はよそよそしい。そんな部分だって、異なるのだ。

だから、飯塚あやの名前や生まれた時間を借りて、ケンとの仲を占ってみた。良い結果が出たら、新たな光明が見える気がした。

生まれた時間が違えば、運命もまた違ってくるものだ。今まで見てきた運命は、間違っていたのだ。

しかし、結果は同じだった。かに座の結婚運がいくら良くても、ユカとケンには関係がない。

「やっぱりどこか似ているんじゃないかな」

飯塚あやの唇がへの字に曲がった。

「似ていないよ」

「似ているって」

「似てない」

なぜ、認めないのだ。私たちは友だちじゃないか。

「そりゃ、友だちは友だちだけどさ」

「仲間ってことだよ。一緒だよ」

「仲間かもしれないけどさ、一緒じゃない」

飯塚あやは、あくまでも認めないのだった。


サンドイッチを食べ、モンブランを食べ、コーヒーと紅茶のお代わりを重ねたのち、秋の日はだいぶ暮れていた。

「話していると、あっという間に時間が経つよね」

スマートフォンの画面に視線を送った飯塚あやが、あ、と声を上げた。

「女の子が誘拐されたんだって」

「え」

ユカは冷たくなった紅茶の残りを啜った。

「ニュース速報で流れてきたの？」

「違う。SNSで拡散している情報。女の子の名前、私と同じだわ。あやだって。あやみちゃん、四歳」

「犯人は変質者かな。四歳の子を連れ去る、なんて、変態としかいえないね」

「目撃情報もある。連れ去ったのは女らしいよ」

「女？」

ユカは鼻を鳴らした。

「女装でもしていたんじゃないの。ぜったい変態だよ」

「そうかも」

スマートフォンに視線を向けたまま、飯塚あやは頷く。

「ショッピングモールのトイレ前で声をかけて連れ去ったんだって。脇田あやみちゃん、四歳」

「親も悪いよ」

ユカは軽い義憤を覚えながら、言った。

「幼い子から、親が眼を離しちゃいけないよね」

「ねえ」

ふたたび頷いたあと、飯塚あやは訊ねてきた。

「これからどうする？　真っすぐ帰るの？」

「うん」

そうだ、立野マリのことがあった。ユカは唇を引き結んだ。

「どうしようかな」

「やっぱりうちへ来たら？　泊まらないまでも、夜ごはんだけでも食べていったらいいじゃない。ママに連絡するよ」

「ありがとう。どうしようかな」

　ユカは迷った。さっきは突っ張ってみせたものの、確かに気が重い。

「甘えさせてもらおうかな」

「それがいい。喧嘩刃傷沙汰《にんじょうざた》は避けようね」

「友だちがいてよかった。ありがとう」

　飯塚あやはにっこり笑って立ち上がった。

「じゃ、行こうか」


　心底、ユカは思った。

　立野マリに待ち構えられているなんて、うっとうしすぎる。似ていないし一緒じゃない、ってはっきり拒否られはしたものの、あやちゃんは友だちだ。

　本当に、本当によかった。

＊

友だちがいない、子連れの、可哀想な立野マリ。
いったいどこの子なんだろう？

第六章

一

困ったものだ。

左右田ちか江《え》は苛立っていた。

お好み焼き屋『てっぱん』の開店時間が近いというのに、アルバイト店員の立野マリが、来ない。出勤時刻はとうに過ぎているのに、連絡もない。

たまりかねて、店の固定電話から立野マリの携帯番号に電話をかけてみた。コール音を十回数える。出ない。留守番電話にも切り替わらない。十五回、十六回。ちか江はあきらめて電話を切った。

困ったな。

ちか江は続けて、店長の高林健に電話をかけた。コール音二回めで、くぐもった声が応じる。

「はい」

「店長ですか」ちか江は簡潔に事態を説明する。「お取り込みのところすみませんが、立野さんが来ません。電話も通じません」

「えええ」高林店長の声は少し高くなった。「どうして？」

こっちが知りたい。

「事故でもあって、電車が遅れているのかな」

「さあ、そういう成り行きなら、連絡くらいよこせると思いますけどね」

「急に体調が悪くなって、出勤途中で動けなくなったとか」

ちか江は返事をしなかった。可能性は否定しない。しかし、そうは思えない。

「彼女、これまで無断欠勤はなかったよね」

「そうですね」

しかし実のところ、ちか江は、立野マリがいずれは無断欠勤をするのではないか、と疑っていた。

「いい加減な子じゃなかった」

ちか江はまた返事をしなかった。

手が空けば、ぼうっと突っ立って虚空を眺める立野マリ。汚れた食器が流しに山積みになっていても、黙殺する立野マリ。お皿を洗ってくれ、と命じると、五秒以上の間を置いてから、のろのろと動き出す立野マリ。澱《よど》んだ眼はこう語っている。だるい。どうして私が洗わなきゃならないの？

ちか江が洗う倍の時間をかけ、がちゃんがちゃんと音高く洗われたグラスや皿には、べったり油が残っている。けっきょく洗い直さなければならないから、食器洗いを命じるのはやめた。高林店長は、鷹揚《おうよう》に許していた。立野さんは、お客のテーブルに食材を運んで、食器の上げ下げをして、注文を聞いてくれさえすればいい。そう、ホール業務に専念してくれればいいんだ。

が、立野マリは、ホール業務すらまともにこなそうとはしないのである。

客から「すみません」と声をかけられても聞こえないふりをする立野マリ。厨房から飛び出していくしかないちか江。客が会計を済ませて出ていくと、レジスターの前にぼうっと突っ立って小銭を眺めている立野マリ。テーブルに残されたグラスや皿を厨房に下げるちか江。

ちか江から見れば、立野マリはじゅうぶんすぎるほど「いい加減な子」だった。ある日ふと無断欠勤をして、音信不通のまま店を辞める。そのパターンの手合いではないのか。

来るべき日が来た、としか思えない。

「店長も、こちらにはまだ出てこられませんよね」

高林店長も、おとといからランチタイムの営業時間は欠勤している。家庭の事情、というやつだ。

高林店長が休みだから、お昼の厨房は私が見る。ちょっと大変だけど、ホールのことはよろしくね。

ちか江が言うと、立野マリはぷっと横を向いて、言い棄てたものだった。

無理。

ちか江は思わずこぶしを握り締めた。

無理じゃねえ。やれ。

「うん、まだなんです。まだ動けない。夜はもちろん行きますけど、昼はまだこちらで待機している感じで」

もごもご語尾を濁しつつ、高林店長は太い息をついた。

「立野さんが来ないなら、どうしようもない。今日の昼営業は休みにしましょう」

「そうするしかないですね」

ちか江は頷いた。今日は平日の三倍は混みあう土曜日だ。さすがにひとりでは店を切りまわせない。

いなくてもいいくらいの働きしかできない立野マリ。しかし、いてもらわないと困る立野マリ。どんな最悪の働きでも、いないよりはましな立野マリ。

店長がいない。ひとが足りない。わかっていて、無断欠勤をする立野マリ。きっと、わざとだな。働くのが嫌いな立野マリ。時給というのはなにもしなくても発生すると信じているであろう立野マリ。

「こんななりゆきだもの、左右田さんの昼のぶんの時給はちゃんと出しますよ」

いくぶん恩に着せるような高林店長の言葉に、ちか江は深く頷いた。

「ありがとうございます」

そうしてくれ。こっちは働く気だった。この事態を招いたのは自分ではない。

「夜になったら、ちゃんと来てくれるかもしれないですしね、立野さん」

ちか江は首を横に振った。たぶん、それはない。はかない希望を当てにしないで、明日の昼は自分が店に出られるよう祈った方がいい。土曜日曜のランチタイムを休むとなったら、店にとってかなりの痛手だろう。

「左右田さんには迷惑ばかりかけて申しわけないです」

高林店長の声は、再びくぐもった。

「時間があったら、いろいろ聞いてほしいことがあるんだよなあ」

出た。ちか江は嘆息した。また、聞かされるわけか、高林店長の家庭の事情のあれこれを。

愚痴ならお気に入りである立野マリにこぼせばいいのに。なぜ私なのだ。

「店長からも、立野さんに電話をしてみてくれませんか。店長の電話なら、出るかもしれません」

ちか江は、敢えて言ってみた。

「いや、それはちょっと、難しいかなあ」

案の定、高林店長は慌てたようだった。

「こっちもこんな状況で、いろいろね、電話ひとつにしてもね。動きにくくて」

そうだろう、そうだろう。わかっている。家にいるんだもの。奥さんが聞いているでしょうしね。

まさか奥さんのいる横で、今まさに狙っている女に電話なんかできませんよね。

高林店長との通話を終えたあと、ちか江は貼り紙を書いて、店の入口のシャッターに貼りつけた。

「都合によりランチタイム休業。十七時より通常営業」

さて、夕方まで、どう過ごそう。

店と自宅は、徒歩十五分の距離である。迷う余地もない。いったん家に帰ろう。猫たちも喜ぶ。

*

鍵を開けて玄関に入って、廊下からリビングダイニングキッチンへ。三人掛けの大きなソファに座ったところで、ようやく三毛猫がちか江のすねに頭をすり寄せてきた。

「ただいま」

三毛はソファに飛び乗り、ちか江の膝の上に半身を乗せる。

「また出かけるの、億劫《おっくう》になっちゃうね」

ぐるぐる咽喉を鳴らす三毛の頭をごしごし撫《な》でながら、ちか江は呟く。


十年前に亡くなった夫は、2LDKのマンションと、いくばくかの貯金と、生命保険金をちか江に遺《のこ》した。お互いに四十歳を過ぎてからの結婚で、子どもはいなかった。

預金通帳の額面は、老後は安泰、働かなくても生きていける、などと胸を張って言える数字ではない。動けるあいだは働いておこう。そう考えて毎日働いている。

人生、なにが起こるかわからない。

学校を卒業して、小さな酒造会社に勤めた。三十代のとき、父親が死に、母親が病気になり、闘病のすえ世を去った。兄とは折り合いが悪く、両親の死後は疎遠になった。

恋をした。思いがかなわぬ恋もあり、通い合った恋もあった。しかし、結婚には至らなかった。このまま独身で生きていくのだろう、と考えていた。四十代になってすぐ、勤めていた会社が倒産した。再就職した印刷会社で、上司となったのは二歳齢下の左右田嘉男《よしお》。その男と三年後には結婚をし、退職をした。まことに、人生、なにが起こるかわからない。

左右田は、心配性だった。両親をともに癌《がん》で早くに亡くしていたせいか、病気恐怖症と言ってもいいほどだった。俺は若くない。ちかさんも若くない。俺の親は早死にだった。ちかさんの親もそうだろう。気をつけよう。どちらがいつ病気になるかわからない。用心しよう。健康診断の結果が悪かった。肝臓の数値がよくない。胆石もあるようだ。どうしよう。再検査だ。どうしよう。経過観察？　生ぬるい。病気になるまで待つなんて、そんなのできない。くよくよぐちぐちぼやくのを、大仰すぎるとちか江は笑っていたものだった。

病気になったらなったときのこと。なるようにしかならないよ。

言うと、左右田は真剣な顔で言い返した。

明日のための備えをしてこそ、そういうことが言えるんだ。

そんな左右田でも、まさか自分があんな風に、あんな状況で死ぬとは予想だにしていなかっただろう。

恐れていた病気ではなかった。高速道路で、追突事故に巻き込まれ、あっさりと逝ってしまった。

若いころ、ちか江は恋をした。何人も好きになった。年を重ねて、結婚をして、誰かに熱を上げるのも、誰かを深く恨むのも、もう終わりだと思っていた。

けれど、違った。

人生、なにが起こるかわからない。そして、なにもかも、なるようにしかならない。しょうがない。考えてもしょうがない。

高林店長は、よく口にする。ちか江も、その言葉どおりだと思う。

考えてもしょうがない。だが、左右田の言っていたように、ひとまずは明日があると仮定して、今日を生きるしかない。


奥の寝室から、茶白の猫が、のびをしながらのたのたと歩み寄ってきた。

「やっと起きたの。ぐうたらだね、あんたは」

二匹の猫と、ちか江自身の生活を、守って生きていくしかないのだ。

二

出勤し、おはようございますと言った途端、高林店長に言われた。

「息子が家出をしました」

おとといの朝である。

「奥さんから連絡があって、さっきまで家にいたんです。またすぐ戻らなくてはならない」

高林店長の顔はこわばっていた。

「警察にも連絡をしました。おまわりさんが家に来て、とにかくごたごたしています。すみませんが、昼は店に出られません。立野さんと二人で何とかまわしてください」

「わかりました」

ちか江も、そう言うしかない。

「息子さん、一刻も早く、無事に戻られますように」

「お金もないし、行くところなんか限られている。すぐに見つかるとは思うんですが、奥さんが半狂乱でしてね」

「大変ですね」

「うちの奥さん、息子とべったりだからね」

高林店長からは、以前にもそう聞いている。それなのになぜ家出などしたのだろう。

「親子喧嘩になったらしいんですよ。珍しく」

ちか江の内心の疑問に答えるように、高林店長が言った。

「子どもとはいえ、息子も年ごろですからね。ママの干渉がうるさくなったんでしょう。とんだ大騒ぎですよ」

高林店長は笑ってみせた。半泣きのように見えた。

＊

ちか江が『てっぱん』で働き出したのは、夫の死後、二年のちのことだった。

そのころは、宮口《みやぐち》という店長と、前原《まえはら》という女の子が働いていた。宮口店長はちか江と同年輩で、前原は二十代の半ば。ぽってりとした可愛い娘だった。親子のような年齢差ではあるが、ちか江とは仲がよかった。店もよく流行っていた。

きびきび働き愛想のいい前原には恋人がいて、妊娠をきっかけに入籍し、『てっぱん』を辞めた。それが五年ほど前で、その後に雇ったアルバイトは、男も女も長くは続かない。そのうち宮口店長が体調を崩し、店長代理として高林健が代わりに働くようになった。立野マリは、高林店長が雇い入れたアルバイトである。

高林店長は、左右田と同じ年の生まれだった。

「へえ、死んだ旦那さん、俺と同じ年齢だったんですか。五十代で死んじゃったの、早すぎますよねえ」

そんな会話をきっかけに、高林店長はちか江に向かって身の上話をしてくるようになったのだった。

「奥さんに追い出されちゃったんですよ」

そうですか。

「で、彼女の部屋に転がり込んだんです」

そうですか、そうですか。

「浮気をした俺が悪い。わかっていますよ。左右田さんもそう言いたいんでしょ？」

別になにも言いたくはない。もともと、ちか江は、他人から打ち明け話をよく聞かされる人間なのだった。どんな話を聞かされても、批判がましいことは言わないせいではなかろうか。

「言ってくださいよ。俺って最悪でしょ？」

高林店長はしつこかった。

「俺が悪い。思ったままを言ってくださいよ」

「店長の人生です。他人の私が善悪を口に出す必要はありません」

思ったままを言うと、高林店長はなぜか嬉しそうだった。

「自分とは関係ない、ですか。左右田さんの反応は新鮮だ。でもね、聞いてください。

奥さんは、息子が生まれてから、変わっちゃった。俺のことをちっとも気にかけなくなっちゃった。話すことも、息子のことばかり。俺の話なんか耳に入れちゃくれないしね。夜だって、そのう、拒否される。男ですからね。ふらふらよそを向いちゃうの、仕方がないんですよ」

　そうですか。

「実はね、今の彼女の前にも、つき合った子はいるんです。左右田さんは内心怒っちゃうかもしれないけれど」

　怒っていない。あきれてはいるが、口に出す必要はない。

「前の彼女は、強かった。奥さんもそうだけど、彼女たちは俺に対しては容赦なく求めてくる。わがままだし、強いんですよ。でも、今の彼女は、要求が強い一方で繊細な子でしてね。眼が離せない。どうしてこうなっちゃったかなあ。好きになって、つき合って、気がつくと、いつも同じことを考えている気がする。考えたってしょうがないんですけどね」

　そうですか。でも、あなたの場合、さすがに少しは考えた方がいいのではないですか。

「でもね、好き嫌いは感情ですからね。考えたってしょうがないでしょ」

　そりゃ、そうかもしれないが、反省は必要なんじゃないの。

「いろんな型《タイプ》の、いろんな性格の女の子がいる。俺、好みってないんですよ。好きになるときは、みんなよくなっちゃう」

　他人の話を聞かされて、いいことはあまりない。

　自らの秘めた内心や私生活のあれこれを打ち明けてしまうと、ひとは一種の依存症になるようだ。なにからなにまで報告せずにはいられなくなる。聞く側の都合や気持ちは考えない。

「左右田さんは、旦那さんとうまくいっていたんですか」

「生きているあいだはね」

「左右田さんだから言っちゃうけど、俺はたぶん結婚には向いていないんです。毎日毎日へとへとになるまで働いているのは、誰のためだろう、何のためだろうって思う。金はぜんぶ家に入れて、手もとにはお小遣いだけ。家で待っているのは、怖い顔をした、文句ばっかり言いつのる女のひと」

　胆の中身をさらけ出し、べったり甘えかかってくる。

「いや、俺に落ち度があるんだから、文句を言われるのは構わないんだけどね。叱られるなら愛情の有無が重要でしょ？　挙句は知らん顔をされる。やりきれないですよ。誰の家なんだろう。帰るのが厭になる。同じ叱られるなら、外にいるきれいなひとから愛情のこもった駄目出しをされたくなっちゃうの、当たり前だと思いませんか？」

「そうですか。店長は叱られたいんですね」

高林店長は眼を輝かせた。

「そう、そうなんです。女のひとには愛情をもって、間違いを正してほしい。左右田さんはわかってくれるんですね」

あなたの嗜好《しこう》はいちおう把握しましたが、共感は一グラムもありませんよ。

「でも、一緒に暮らしていると、相手にいちいち駄目出しをしているのも疲れますからね。気に入らないところは見えないふりをした方が平穏無事に過ごせます」

「だから俺は結婚に向いていないんだなあ」

嘆くように言ったのち、高林店長は話を変えた。

「立野さんは、若いのに、陰がありますよね。いつも表情が暗い。もっと明るくすればいいのに」

そうですか。次は立野マリが狙いですか。本当にわかりやすいな。

「あの子、笑顔になればもっと輝きますよ。若いんだから」

若い、若いって、三十歳は過ぎているだろう。輝かなくていいから、もっとしっかり仕事をしてほしい。

「あんまり男性経験もなさそうですよね。大丈夫かな」

欲望がだだ洩れだ。立野マリが気になるなら、まずは勤務態度を注意してくれ。それがあんたの仕事だろ。言い寄りたいのも口説きたいのも手を出したいのもよ——くわかるが、立野マリにその気がなければ単なるハラスメントだ。

「手を出すつもりはないですよ」

へええ、そうですか。

「けっきょくは、女のひとと仲良くなりたいんです、俺は。仲良くしたい。やさしく叱ってもらいたい。本当にそれだけなんです」

男の友だちと仲良くして、叱ってもらえばいいのではないか。

「厭ですよ。野郎に叱られるなんて」

高林店長は即座に拒否した。

「それに、俺には、男の友だちはいませんよ。宮口さんみたいに、かつての仕事仲間ならいますけど、話がしやすいのは、俺にとっては断然、女です。男同士の友情って、やさしいものではないですからね。盛り上がるのは馬鹿話とかエロ話、仕事の話。今、左右田さんとしているような話はしないです。男相手には言いたくないし、言えない。俺がおかしいのかなあ」

男の友だちは、いない。

以前、左右田も同じことを言っていた。

葬式に参列したのは、仕事関係の人間が大半だったし、年賀状を交わしていた古くからの友人は、二人しかいなかった。その二人に会うのも、そのときが最初だった。左右田が家に招いたり、ちか江に紹介したりしたことはなかった。

昔はね、そりゃ、友だちがいたよ。でも、みんな仕事を持って、結婚をして家庭を持って、気がついたら遠く離れていたよね。俺は筆不精だし、連絡もまめに取る性質《たち》じゃないしね。

友人に限らない。左右田のことは、知っているようで、知らなかったことばかりだ。知り合って、結婚をして、十二年、共に暮らした。短くはないが、長くもない歳月。写真が嫌いだ、と言っていた左右田は、アルバムすら持っていなかった。未整理のまま紙袋にざっくりと溜まっていた古い写真の大半は、学生のころのもので、幼いときの写真も、成人してからの写真もほとんどなかった。

思い出話も、多くはなかった。恋愛遍歴に触れることも少なかった。ちか江に遠慮をして話を控えたというより、本当にあまり経験がなかったように思える。昔の恋人、というのは、ちか江が知るかぎり、エツコさんというひとだけである。紙袋の中に、写真も残っていた。ショートボブの、地味めのほっそりした女性。けっこう美人だった。

三重県生まれのエツコさん。伊勢《いせ》神宮に二人で行った。神社めぐりが好きで、御朱印を集めていたエツコさん。安芸《あき》の宮島《みやじま》にも二人で行った。酒が好きだったエツコさん。酔いすぎると眼が据わって怒りっぽくなり喧嘩になった。片づけが苦手で忘れものも多く、ビニール傘を十本以上も溜め込んでいたエツコさん。ある雪の日に、左右田をふったエツコさん。以上。

左右田は、女遍歴まみれの高林店長とはまったく違う。

それでも、少しは重なる部分がなくはない。

＊

おとといの夜になる前に、高林店長の家出息子は見つかっていた。

「息子、帰ってきましたよ」

夕刻、出勤してきた高林店長の顔には、安堵と疲労が滲《にじ》んでいた。

「ご無事でよかったですね」

ちか江は言った。

「奥さんも安心なさったでしょう」

「ところが、そうでもないんです」

高林店長の顔の疲労度が濃くなった。

「帰ってきたといっても、家にはいないんです。昨日ひと晩はファミリーレストランで過ごして、午前中は公園やコンビニエンスストアをふらついていたらしいんですが、午後になってからおばあちゃんの家にひょっこり現れたんですよ。おばあちゃんって、奥さんのおかあさんなんですけどね。ママの顔は見たくないから、しばらくそちらへ泊まるそうです」

「まだママと仲直りする気はないんですね」

「奥さん、般若《はんにゃ》みたいになっていますよ。さんざん心配をかけておいて、その言い草は何だって、すごい剣幕で吠えています。息子も中学生だし、そろそろ干渉がうるさくなってきたんでしょう。奥さんはとにかく構いすぎるんですよ」

自分はそれがよかったんだろう。奥さんの駄目出しに愛情が足りないから浮気をしたと話していたではないか。

「息子さん、すぐには帰る気がなさそうですか」

「だいぶ気持ちがこじれていますんでね。まあ、おばあちゃんの家だから、もう安心は安心なんです。学校へもちょっと遠くはあるけど、通える距離ですし。でも、なにぶん、奥さんの方もこじれてしまっていますんでね」

高林店長は黙った。立野マリがじっとりとした眼でこちらの様子を窺っている。

「言いにくいんですが、明日もランチタイムはこちらに来られないと思います」

察しはつく。般若のような奥さんに、明日も家に来いと命令されたのだな。可愛い息子は自立しかけている。奥さんからすれば、これを機会に夫を家に呼び戻したいのかもしれない。

「わかりました。平日ですし何とかなりますよ」

ちか江は気を利かせて会話を打ち切った。

が、高林店長は話し足りないようだった。

「奥さんも大変なんですけどね」

ちか江が厨房に入るたび、ぼそぼそと訴えかけてくる。

「彼女がね。電話の向こうでずうっと泣いたり怒ったりしています。帰るのが怖いんですよ、今夜」

高林店長が、奥さんのところに顔を出したり、息子に会ったりしたものだから、気に入らないのだろうな。

そうもなるだろう。話を聞くかぎり「彼女」は難しい女なのだ。

厨房から出ると、立野マリがぼんやり虚空を眺めて突っ立っていた。

「立野さん、三番のお客さんが呼んでいます」

ちか江が促すと、立野マリはのたのたと歩き出した。

考えごとでもしていたのか、いつもに増して耳が遠く、動きも鈍いようだ。ちか江は舌打ちをしたくなった。

高林店長も、本当にもの好きだ。般若みたいな奥さんと、荒れ模様の「彼女」、さらには立ったまま気を失っているような立野マリにまで愛の手を差しのべようというのだからね。まったく気が知れない。

立野マリから叱られるなんてまっぴらごめんだよ。

三

電話が鳴った。

ソファの上でうたた寝をしてしまっていたようだ。ちか江は身を起こし、電話を探した。コーヒーテーブルの上に投げ出してある帆布のショルダーバッグの中だ。

手を伸ばして、電話を取り出す。

「高林です」

どのくらい寝てしまっていたのかな。何時だろう。ちか江は壁の掛け時計を見た。二時半過ぎ。帰ってきたのは十二時ちょっとだったから、二時間も寝ていたのだ。

「左右田さん、すみません」

高林店長の声は暗かった。

「今日ですが、夜も行けそうにないんです」

ちか江の両脇に猫が寝ている。右側に三毛、左側に茶白だ。

「じゃあ、夜もお休みするしかないですね」

　三毛も茶白もまるくなって、ちか江の腿《もも》にぴったり身を添わせている。可愛い。ちか江は頬をゆるませた。じんわりと温かい。これでは眠りに誘い込まれてしまうはずだ。

「本当にすみません」

　高林店長は深刻な気配だった。

「こちらの都合で休むのだから、左右田さんの日給は出します」

「ありがとうございます」

　ならばいい。ちか江とすれば、重要なのは金銭面だけである。体力的にも、休めるならばありがたい。

「明日はどうします。昼から開けられますか？」

　この猫天国を離れて、店まで行くのは面倒だけれど、貼り紙を書き換えてこなければいけないな。

「それが、明日もわからないんです。昼だけじゃない。一日じゅう店に出られないかもしれない」

　ちか江もさすがに少し驚いた。日曜日の売り上げを棒に振る気か。なにが起きたのか、高林店長の「家庭の事情」はだいぶ悪いらしい。

「あれから立野さんと連絡は取れましたか」

「取れていません」

取れるわけがない。ちか江の電話に立野マリの電話番号は登録していない。店に戻らないと、立野マリの電話番号はわからないのだ。

「あとでまた電話をしてみます」

おそらくは無駄。そんな気がする。が、立野マリさえ出勤してくれればどうにか店は開けられるのだ。

「立野さんと連絡がつかなくて、明日の出勤が期待できなければ、やはり店はお休みにするしかないでしょうね。迷惑をかけてしまって、すみません」

高林店長は、陰鬱な調子でふたたび詫《わ》びた。

「そういうときもありますよ」

ぐるぐる。咽喉を鳴らす三毛の背を撫でながら、ちか江は慰めた。

「おうち、はやく落ち着くといいですね」

「いや、息子はひとまず落ち着いたんです。おばあちゃんの家にいて、学校もそこから通えて」

それはもう聞いた。しかしこの際、おとなしく耳を傾けておくしかない。

「奥さんも、ずっと不機嫌で、たまに破裂音を上げていますが、通常運転の範囲内です。問題は彼女でしてね」

高林店長は囁くような声になった。

「ここ数日のごたごたで、すっかり神経が参ってしまったみたいでしてね」

泣いたり怒ったりしているんだよね。聞いた、聞いた。

「眼を離すと危険なんです」

繊細な子なんでしょ。わかっている。茶白が前脚をちか江の膝に乗せてきた。三毛ばかりでなく自分も撫でろという要求だな。愛《う》いやつだ。ちか江は電話を右手に持ち替え、茶白の背を撫でた。

「本当に危険なんです。左右田さんと電話をしたあと、彼女からも電話がかかってきましてね。言っていることがいろいろおかしいから、急いでこちらへ帰ってきたんです。そうしたら、彼女が部屋で首を吊りかけていた」

うわ、と思わず声が洩れた。

「まずいですね」

「まずいんです」

高林店長の声が震えた。泣きそうだった。

「でも、止められたんですよね」

「部屋の入口のドアのノブにタオルを引っかけて、座った状態で首を吊ろうとしたみたいなんですよ。さいわい、結び目がゆるかったみたいです。俺がドアを開けようとしたところで運よく外れた」

「よかったですね」

運かな、それ。

いいや、よけいなことは言うまい。よかった、でいいのだ。

「ごほごほ咳《せ》き込みながら床を転がりまわって、死にたい、死なせてくれって泣きじゃくって、ついさっきまで手がつけられませんでした」

「お気の毒です」

誰が？

「彼女」だろうか？　高林店長だろうか？

お気の毒、だけど自業自得。特に高林店長に同情の余地はない。こうなったのは、すべて自分が蒔《ま》いた種。奥さんも息子さんも「彼女」も一気に芽吹いた。それだけのことだ。

「どうしてこんなことになっちゃったのかなあ」

高林店長が、消え入りそうな小声でぼやく。

「左右田さんが言いたいことはわかっています。俺のせいですよ。でも、よりによってどうしてこんなことになるんだろう。俺はただ」

女のひとと仲良くなりたかった。仲良くしたかった。やさしく叱ってもらいたかっただけだった。

わかったよ。奥さんとも「彼女」とも、「こんなことになる」とは思っていなかったんだよね。

こうなるとわかっていたら、好きになったりはしなかった?

相手の正体が見えたところで、気持ちは抑えられないものなのかもしれない。ぼろぼろになるまで好きでいて、あるときふっと気づくのだ。

好き?

そうでもない、もう。

気づきさえすれば、変わる。驚くほどはやく、好きを忘れていく。あれほどまでに積もった雪は解けている。好きであった、その事実は覚えていても、ところどころに残る白いかたまりでしかなくなる。そしていつか、好き、は跡形もなく消える。そのときが来るまで苦しむしかないのだ。

「鎮静剤を飲ませて、横にならせて、ようやく静かになったところなんです。で、こうして左右田さんに業務連絡をしています」

聞き取りにくいひそひそ声が、にわかに大きくなった。業務連絡、という言葉に力を込めている。静かになったとはいえ、眠っているわけではない「彼女」の耳を意識しているのだろう。

「とにかく、そういうことなんで、明日の朝また連絡します」

「わかりました」

「しょうがないですよね」

声がまた小さくなる。高林店長は明らかに怯えていた。

「今さらあれこれくよくよ考えたってね。しょうがないです」

電話が切れた。


ちか江はソファから立ち上がって、和室に入った。

もともと左右田が持っていた仏壇が置いてある。扉は閉ざされたままだ。ちか江は信心深い人間ではなかった。

扉を開く。左右田と左右田の両親の位牌《いはい》が置かれている。

さまざまな感情は、すでに薄れた。十年経ったのだ。

*

十年前の八月三十日、事故が起きたとき、夫の自動車には同乗者がいた。

夫の部下である、ナガサカミユキという女。夫より齢上の女。ちか江よりも齢上の女だった。ちか江と面識はなかった。左右田と結婚し、ちか江が退職したあとで入社してきたのだ。結婚と同時に会社を辞めたのは、左右田の希望だった。同じ職場に夫婦がいるのはやっぱり周囲に気兼ねがあるじゃない。言われて、それもそうだとちか江にも異存はなかった。結婚してからは最寄り駅の駅前にある蕎麦屋で、ランチタイムだけパートタイムで働いていた。

左右田とナガサカミユキ。二人の関係の正確なところはわからない。左右田が搬送された同じ病院で、ナガサカミユキも死んだ。会社で同じ日に年休を取り、善光寺へお詣りをして、その帰路に事故に遭った。わかったことは、それだけだった。

左右田が会社を休んでいたことを、ちか江は知らなかった。左右田はいつもどおりの出勤時間に、いつもどおりのスーツ姿で家を出ていた。

左右田の自動車に残された、善光寺のパンフレット。財布のなかには、お戒壇巡りの半券と、二人で入って食事をした蕎麦屋のレシート。K庵《あん》というその店は、ちか江が働いているような庶民的な値段の店ではなく、観光地らしい高価《たか》めな価格設定の蕎麦屋だった。

天ざるセット、二千八百円×二人前。馬刺し一皿、千八百円。純米吟醸酒一合、千二百円。左右田は運転をしていたから、日本酒を飲んだのはナガサカミユキだろう。

ずうずうしい女だ。

怒り。

天ざるセットに、馬刺しに純米吟醸酒。

ちか江がなにも知らないで、パートで働いていた時間、左右田とナガサカミユキは、優雅なランチタイムを過ごしていた。

ふざけやがって。二千八百円だと。私の店の天ざるは九百八十円だ。そのうえ馬まで食って酔っぱらって。調子に乗りやがって。

ちか江が感じたのは、なによりも怒りだった。悲しみではなかった。

結婚をして十二年。出会った当初、左右田に対して抱いていた想いは、すでに変質していた。

好き？　好きに決まっている。いつでも傍にいる人間。いちばん油断ができる異性。好きであることは間違いない。

だが、そもそも、好きという思いは緊張感をはらんでいたはずだ。ちか江はいつだって、左右田の顔色を確かめ、ご機嫌を損ねないようにしていた。離れているあいだは不安だった。

なにをしているの？　誰かと会ったの？　前に会ったときから気持ちは変わったりしていない？

それが、いつの日か、顔色も機嫌もほとんど気にしなくていい存在になっていた。少しくらい離れていたい。夜になれば必ず帰ってくるのだ。

怒り。

そして恥ずかしさ。みっともない。左右田はあんな死に方をして、妻である自分に恥をかかせてくれた。

善光寺など、ちか江は行ったことがない。エツコさんとは行ったのだろうか。

ナガサカミユキ。

汚らしい泥棒女。こそこそと他人の夫と遠出をして金を使わせて。若いならまだしも、ばあさんじゃないか。身のほど知らず。天ざるセットに馬刺しに純米吟醸酒。おまえなんかカップそばとカップの安酒でおつりが来るくらいだ。そんなに馬が好きなら、暴れ馬に蹴られてしまうがいい。

殺したい。

恥さらし。


左右田が死んだ一年後。

八月三十日の命日に、ちか江は新幹線で長野の善光寺へ行った。そしてK庵へ行き、天ざるセットと馬刺しと純米吟醸酒を注文した。

毎年、毎年。

ちか江にとって、それは恒例行事になった。

四

午後四時。

ちか江はマンションを出て、『てっぱん』へ行った。

「都合によりランチタイム休業。十七時より通常営業」

先刻、シャッターに貼りつけた紙を剝がし、鍵を開けてシャッターを半分上げ、身をかがめて暗い店内へ入る。ふたたびシャッターを地面まで下げる。

レジ横に置かれた固定電話で、立野マリに電話をかける。コール音、三回。出ないだろうと考えていた。しかし、コール音はそこで途切れた。

「もしもし？」

受話器の向こう側は、沈黙していた。

「もしもし、立野さん？」

ぷつり。音がして、通話が途切れた。

ツー、ツー、ツー。

「もしもし、もしもし？」

返ってくるのは、ツー、ツー、ツーという機械音ばかり。

でも今、電話に出たよね。間違いなく。

ちか江はふたたび立野マリの番号にかけてみた。コール音が五回、六回。今度は出る気配はない。十回。もはや無駄だろう。ちか江は電話を切った。立野マリは、おそらく病気ではなかろう。ただ、店からの電話に出る気はないのだ。そういうことだ。明日の営業は絶望的と見ていいだろう。

貼り紙、何て書こう。

「店主都合により本日休業」だな。それでいこう。


立野マリは、このまま退職するんだろうか。

高林店長、本当に踏んだり蹴ったりだな。あらゆる面で同情はしがたいけれど、運の悪い男だ、とは思う。

運というか、招き寄せる縁が悪いのだろうか。

＊

今年の八月三十日。

ちか江は恒例の善光寺詣りをした。いつもの年のようにひとりではなかった。高林店長が一緒だったのだ。

「善光寺ですか。俺も行きたいな。連れていってくださいよ」

厭だ。ひとりで行く。観光じゃないのだ。

そう言って断りきれなかったのは、ちか江自身、どこかでこの「恒例行事」に倦みつつあったのだろう。

左右田が死んで十年。お詣りも十年め。

「大昔、二十代のころかなあ。行ったきりなんですよ、善光寺。当時の彼女との日帰り旅行でした。最初の奥さんです」

新幹線の車中でも、長野駅についてからも、高林店長は上機嫌だった。

「嬉しいなあ。今日はゆっくり左右田さんに話ができる」

おそらく、高林店長の本意はその点にあったのだろう。最初の奥さんの話、次の奥さんの話、現在の「彼女」の話。高林店長の語りは尽きることがなかった。

「聞いてもらえてありがたいです」

「私は叱りませんから、物足りないでしょう」

「とんでもない。随所随所で決めてくれていますよ。じゅうぶんに満足です」

決めるって、何だよ。うんざりしないこともなかったが、交通費から車内で飲んだコーヒー代、K庵の支払いまで、高林店長が出してくれた。悪くない取引だとちか江は考えることにした。

「今の彼女も不安定な子だけど、前の『彼女』はすごかったですね」

その話を聞いたのは、寺詣りを済ませて、K庵に入ってからだった。

「女の子と仲良くなっちゃうと、ある程度は束縛されるじゃないですか。それはいいんです。そんなに気にならない。でも『彼女』の場合は、束縛というより監視なんです。『彼女』と会っていない日に、どこへ行ったとか、なにを食べたとか。あまりに俺の行動を押さえているから、気持ちが悪くてね。今から思えば、スマートフォンとかばっちり見られていたのかもしれない。手を切ろうとしたんですが、つきまとうんですよ。ストーカーってやつですね。今の彼女とのことが奥さんにばれて、家を追い出されるはめになったのも、そいつのせいなんです。奥さんに手紙をよこしたり、家まで押しかけてきたりした。今の彼女にも手紙を送ってくる。先まわりして郵便受けから回収しちゃってますから、彼女は気づいていないですけどね。毎朝ひやひやしています。別れてから何年も経っているのに、異常なんです」

「家にまで来たんですか」

「どうかしてますよね」

ちか江も、ナガサカミユキの部屋に行ったことがある。左右田の葬式を済ませた一週間後だった。

ナガサカミユキの住所は、左右田の遺品から探り当てた。左右田が受け取った年賀状の束の中に、ナガサカミユキからのものがあったのだ。一枚きり。左右田とちか江が結婚をし、現在のマンションで暮らしはじめた次の年の年賀状。ナガサカミユキが入社して間もない時期に書かれたのだろう。あけましておめでとうございますと干支《えと》の動物だけ印刷されたはがき。昨年はご迷惑をおかけすることばかりで、申しわけありませんでした。今年もよろしくお願いいたします。ナガサカミユキの字はちまちまと小さく癖があった。

このあとで、左右田との関係が深くなったのだろうか。次の年からの年賀状がないのは、それが理由だろうか。

「手紙を出して、彼女に会って、なにを吹き込むつもりなのかわかりません。悪意しかないのははっきりしている。夫婦関係は壊したんだから、それで満足してほしいです」

ナガサカミユキが住んでいたのは、三階建てのアパートの二階だった。ひとり暮らしである。左右田はこの部屋に訪れていた。何回くらい来ていたのか。いつ会っていたのだろう。左右田は外泊をしたことがない。ちか江の知らぬうちに、こっそり休みを取っていたのか。最後のときのように。

「彼女とも別れさせたいんでしょうね。だけど、別れたところで、よりは戻さないですよ。はっきりそう言ってやったことだってあるのに、どうしてあきらめてくれないんだろう」

ナガサカミユキが住んでいたのは二〇三号室。部屋の前に行き、ドアノブをまわしてみた。

当然のこと、鍵は開いていなかった。

そのとき、ちか江は背後から声をかけられたのだった。

ナガサカさんのご親戚の方ですか？

「俺を苦しめるため、女関係をぜんぶ潰すのが目的なのかな。でも、それって不可能ですよ。たとえ現在の彼女と別れたところで、俺はすぐに次の誰かを好きになっちゃうと思う。それが俺の性分だし、気持ちは抑えようがないもの」

私は大家です。急なことでしたねえ。部屋を引きはらうのは二十五日だってお話でしたけど、ああそうか、もしかして、猫を引き取りにみえた？

「なにもかも壊して、なにもかも奪いたいのかもしれないけど、俺が死にでもしない限り、俺の自由は奪えない。そんなことできっこないですよ。ねえ？」

奪う、か。

ナガサカミユキは、二匹の猫を飼っていたのだ。ナガサカミユキが死んだのちは、大家が預かっていたという、三毛の雌と茶白の雄。

その日、ちか江はふたつのケージを下げてマンションに帰った。

ちか江が知らない左右田の姿を知っている、二匹の猫。

「あのストーカー女には、俺のことは忘れてくれ、気持ちを切り替えて生きていってくれと、心の底から思います。忘れてもらうのにはどのくらいの歳月がかかるんだろう」

十年。

ちか江は口に出していたらしい。

「十年？」

高林店長は悲痛な声を上げた。

「あと何年もつきまとわれるってことですか。勘弁してほしい」

「そのひとだって、店長からなにもかも奪いたいわけではないと思いますよ」

ちか江もそう、奪ったのは猫二匹だけだ。

殺したり、虐待したりはしない。むしろ可愛がってやる。毎日、毎日、缶詰とドライフードを与え、トイレの始末をしてやる。そして毎日、毎日、左右田とナガサカミユキの秘めごとを想い続ける。

毎日、毎日。

いつしか、想うことが喜びになる。

毎日、毎日。

＊

「店長都合により本日休業」

ちか江は、シャッターに貼り紙をした。

十年。

猫たちは老い、ちか江も老いた。感情も、ずいぶん遠くなった。

来年はもう、善光寺には行かないかもしれないな。

ビルの谷間を、強い風が吹き寄せてくる。ちか江は身震いをした。今日はだいぶ冷える。じき冬だものね。

ちか江は足早に歩きだした。

はやく帰って、「店長都合による」休暇をのんびり過ごそう。可愛い猫たちと。

第七章

一

立野マリは、自分の部屋にいる。
「あやたん」と一緒だ。

＊

横山ことみの娘「あやたん」は、立野マリのベッドで寝ている。

寝ろ、と言ったら、寝てくれた。素直な子でよかった。素直すぎる気もする。普通、知らないひとに知らない場所に連れてこられたら、怯えるだろう。泣いたり騒いだりするものじゃないか？

へんな子ども。

誘い出すときだって、そうだ。ショッピングモールのトイレの前で、横山ことみが「あやたん」から離れた。あんな小さい子をひとりにして、どこへ？　スマートフォンの画面を眺めていたから、誰かと連絡を取り合っていたものか。すぐに戻ってくるだろう。そう考えて様子を見ていたが、二分、三分、横山ことみは戻ってこない。水色のTシャツにピンクのスカートをはいた「あやたん」はおとなしく立っている。

今だ。

アルバイトは無断欠勤した。馘首にされたっていい。覚悟を決めてはじめた横山ことみと「あやたん」の尾行。まさか初日、二時間も経たぬうちに機会が来ようとは、まったく想定外だった。

声をかけるときは、さすがに心臓がばくばくした。

行け、私。

あやみちゃん、ママがあっちで待っているよ。

「あやたん」は、小さく頷くと、立野マリの導くまま、おとなしくついて来た。

ママはどこ？

あっち。もうちょっと先だよ。あっち。

誤魔化しつつ、電車に乗せて、家まで歩かせても、不安を見せない。静かなものだ。

「あやたん」は、よくしつけられている。

そうだ。誘拐してやった。

私だって、西森ユカのように、行動に出ようと思ったら、いつだって出られるのだ。自宅に連れ込むつもりはなかった。はじめは西森ユカに預かってもらおうと目論《もくろ》んでいたのだ。そのくらいは協力してしかるべきだろう。だって、西森ユカから勝手に近づいて来たのだし、ほかに頼めるような人間はいないし。

友だちはいないし、私。

西森ユカは言っていた。

高林健の住居も職場も知っていますし、インターネットがあれば、いろんなことがわかっちゃいますからね。

完全にストーカーでしょう。犯罪者だ。

高林健はずいぶん隙だらけでしたからね。つき合った女にはスマートフォンも見られ放題。銀行のパスワードさえ知られてしまう迂闊さです。

つまり、西森ユカがそれをやったわけだ。インターネットは使いようだな。私だって、横山ことみの動向を観測しているだけじゃなく、もっと早く直接行動に出ればよかったのだ。

だから、やってやった。

誘拐は犯罪だ。しかも、刑罰は重い。知ったうえで、やった。やれた。私にだってやれるんだ。

想像したよりあっさり連れ出せたのが意外ではあったけれど。

横山ことみに地獄の苦しみをたっぷり味わわせる。三日か、一週間か。わからない。「あやたん」は泣くだろうか。泣くだろう。うるさかったら、殴っちまうか。よけい泣くかもしれない。さるぐつわを噛ませてやる。さるぐつわって、ハンカチとかハンドタオルを使えばいいのかな。まるめて口のなかに入れて、上からフェイスタオルを巻きつける。よだれでぐちゃぐちゃになるんだろうな。もったいない。口のなかには古い靴下でも突っ込んでやるか。横山ことみの可愛い「あやたん」が、私が使い古した靴下を食わされるわけだ。

ざまをみろ。

三日か、一週間か。西森ユカに監禁役を押しつけたかったのに、逃げやがった。

『無理です。子どもなんか、預かれないです。責任取れません』

にべもない返信。

『一時間かそこら、公園で遊ぶところを見ていろとか、その程度ならまだわかりますけどね。家に泊めろとか、さすがに常識がなさすぎです』

常識だと。別れた男を追いまわし、見ず知らずの他人に手紙を送りつける。そんなおまえが常識を説くか。

嫌われ者の立野マリは、西森ユカにすら嫌われたってことか。

そうとなれば「あやたん」は家に連れてくるしかなかった。


母親には知られたくない。といって、隠しようもない。

玄関から自室へ。こっそり入ったところで「あやたん」は、おしっこがしたいと言い出した。

おしっこか。その問題もあるんだよな。まあ、やむを得ない。

トイレに連れていく。ひとりで平気？　訊くと「あやたん」は頷いた。ドアを閉めてやる。母親は背後で眼をひん剝《む》いていた。

「マリちゃん、どうしたの」

友だちの子。預かった。

それ以上は説明をしない。トイレから出てきた「あやたん」の背中を押して、自室に入ってドアに鍵をかける。

「ママは？」

「あやたん」が訊く。

あとで来る。寝なさい。

「あやたん」は、こっくり頷いて、ベッドに横になった。

ぐずらない。子どもって、こんなに従順なものかな。わからない。産んだことがないし、育てたこともない。

ノックの音。

「マリちゃん？」

うるせえ、何だよ。

「なにか食べる？」

うっとうしい。どうしていつもいつもなにか食わせようとするんだよ、この女。だから私はデブになって、他人から馬鹿にされる破目になったんじゃねえか。

「あの、その子も、おなか空いてない？」

寝てくれたんだから、要らねえよ。

「ジュース飲まない？　オレンジジュース」

ベッドの中の「あやたん」がくるりとこちらを向いた。

「飲む」

寝たふりをしていたのか。やむを得ない。

ジュースを持ってきて。

「オレンジジュースね」

何でもいい。早く行け。

「食べものは、本当にいいの？」

要らねえ、と答える前に、「あやたん」は口を開いた。

「食べる」

食べるってさ。

「そうお」

ママの声が高くなった。

「なにを食べるの？　ホットケーキを焼こうかしら」

浮かれてやがる。「あやたん」がどうしてここにいるのか。事実を知ったらひっくり返るぞ、あんたは。

「あやたん」の表情がぱっと明るくなる。

「ホットケーキ大好き」

何だよ、それ。私も好きだよ。腹も減ったよ。

ホットケーキを焼いてきて。この子と私のぶん。

母親をいい気分にさせたくなんかなかったのだけれど、言うしかなかった。

*

「ママは？」

あやみちゃんがいい子にしていたら、すぐ迎えに来るよ。寂しい？

「さみしくない。あやみなれてる」

慣れている？

「よくある」

こういう風に、よそのひとに預けられること、よくあるの？

「うん。ママのおともだちのおうちでまっている」

そうなの。ママ、忙しいの？　でも、今、お仕事はしていないよね。

「ママは、おそとでおつきあいがあるんだ」

おつきあい？　確かにSNSでもしょっちゅう外食や旅行の画像を上げていたよな。

「あやたん」は置いてけぼりだったのか。

慣れているなら、あやみちゃんは、泣かないね。

「なかない。ないたら、ママにきらわれる」

嫌わないでしょ。あやみちゃん、可愛がられているじゃないの。

「きらわれる。おはなしをしてくれなくなる」

話をしなくなる？

大人げない女だな、横山ことみ。

「ごめんなさいって、ひゃっかいあやまれって、おこられる」

百回も？

「あやみ、ひゃくまでかぞえられないから、ゆるしてもらえない」

許してくれないって、ずっと口をきいてくれないわけ？

「ずうっと」

ひどくない？

「あやみがわるい」

いや、悪くないだろう。それ、おかしくないか？　そういうとき、パパはどうしているんだよ。

「あやみがわるいから、しかたないねっていう」

仕方がないわけあるか。旦那もおかしいよ。母親が幼い娘に話しかけないで、延々とその状態が続くの、最悪。

「まいにちごめんなさいする」

しなくていい。悪いのはあやみちゃんじゃない。

「ごめんなさいしないと、ほっぺたぶたれる」

そんなの、完全に虐待だ。

横山ことみ。SNSにはいかにも娘を可愛がっているような投稿をしながら、実際は虐待をしていやがるのだ。

なにが「あやたん」だ。

こんな幼い子どもを、完全に制圧し、支配している。旦那も見て見ぬふり、ということはご同様、横山ことみの言いなりなんだろう。やけにおとなしいはずだ。この子、眼に見えないさるぐつわをされているようなものじゃないか。

私をいじめていたときから、まったく変わっていないんだ。

「あやたん」は、あの女の被害者だったわけだ。


私と同じだ。


横山ことみに地獄の苦しみを味わわせる？

無理な話だった。あの女は、自分の娘ですら、大事にしていない。玩具にすぎないのだ。自分の感情のはけ口にする、生きた玩具。

かつての立野マリと同じ。人間ではない、ただの玩具。

見せかけの嘘ばかりの投稿の数々。完全に騙された。スマートフォンを手に取って、横山ことみのSNSを見る。

更新している。

信じられない。娘が誘拐されたっていう日に、更新するか？

いいや、するだろう。横山ことみは苦しんでいない。しかし、苦しんでいる見せかけは必要だろうから。

『あやたん』

涙の絵文字。

『どうかお願い、無事に帰ってきてください』

悲劇のヒロインが呼びかける、吐き気を催すSNSを閉じた。

それから、横山ことみが住む街にある児童福祉施設を検索した。

「いい匂い」

うん、もうじきホットケーキが焼けるよ。おなかが空いたね。あやみちゃん、おねえちゃんと約束してくれる？

「おやくそく？」

ホットケーキを食べたら、おねんねして、眼が覚めたら、別のところへお出かけする。

そこにママが迎えに来るから、いい子で待っていること。

「うん」

おねえちゃんはあやみちゃんと建物の前まで一緒に行く。そこからはひとりで扉を開けてこんにちはを言う。言える？

「言える」

大人のひとに、お名前を訊かれたら、答える。答えられるね？

「わきたあやみ」

よし。それから、これまでどこにいたか訊かれても、このおうちとおねえちゃんのことは言わないこと。

「ひみつ？」

そう、秘密。自動車《くるま》に乗ってここへ来た。それしか覚えていない。そう言うの。電車で行って、そこからちょっと歩くけどね。

「うそつくの？」

嘘じゃないよ。秘密を守るためのおまじない。自動車に乗ってここへ来た。それしか覚えていない。その言葉だけを言っていればいいの。

「くるまにのってここへきた。それしかおぼえていない」

よくできました。えらい。あとでまた復唱しよう。約束ね。

「やくそくする」

ホットケーキを食べて、あの屑女にあんたを帰す。生き延びてよ、あやみちゃん。誰からも好かれなくても、生きてやるんだよ。約束して。

生きていたって、私みたいにしか育たないかもしれないけど。

「やくそくする」

＊

ノックの音。

「マリちゃん」

なにも知らない母親の歌うような声。

「オレンジジュースとホットケーキを持って来たわよう」

二

高林みさ子は、自宅マンションのリビングダイニングルームにいる。胃が重い。壁の時計ばかり見ている。

翔太が、家出をした。

はじめてママに刃向かった。

そりゃ、今までだって、いろいろあった。

ママがなにを言っても、いやだ、ってごねる時期だって、あった。

ましてや、翔太は中学二年生。反抗期だ。うるさいよと言い返す。返事をせずに横を向く。翔太だって、そのくらいはする。けれど、ふてくされようがすねようが、けっきょく翔太は逆らえない。

翔太にとって、ママは、絶対的な存在なのだ。

最終的にはママに従うしかないのだ。

それなのに、今回は違った。

＊

タクミと遊ぶ。

翔太はそう言っていた。疑う理由はなにもなかった。

が、買いものへ出たら、路上でばったりタクミと顔を合わせた。タクミはひとりだった。
こんにちは。
にっこり笑った。
翔太は？
タクミはきょとんとした。
翔太と一緒なんでしょう？
「知らない」
「違うよ」
自分の顔から血の気が引くのがわかった。
翔太が、嘘をついた。
誰と会っているの？　まさか、あの女？
すぐさまスマートフォンを取り出し、メッセージを送ろうとした。指が震えている。
落ち着こう。自分に言い聞かせる。メッセージはしない。直接訊こう。
翔太が帰宅するまでの時間は長かった。
ただいま、とリビングダイニングルームに入ってきた翔太はいつもと変わらなかった。
お帰りなさい。タクミくんに会ったよ。
「あ」

翔太は口を半開きにしたまま凍りついた。

今日はタクミくんと遊ぶって言っていたよね？

「あ」

どうして嘘をついたの。本当は誰と会っていたの？

「あの」

翔太は固まったまま次の言葉を探していた。

さあ、言いわけをしなさい。できないの？

「タクミって言った？」

言った。

「違う。タナカと会っていたんだ」

あら、そうなの？

翔太は、それきり口をつぐんだ。つまり、嘘だ。事実であれば、翔太はもっと長々と話をするはず。翔太の言いわけはいつだって長い。起きた出来事を整理して語れない、事実はあくまで正確に、順序立てて語ろうとする翔太。だから逆に、嘘があるときは、なにも言えなくなる。

よく知っている。ママだもの。

タナカくんに連絡して確かめてみようか？

ゆっくりと、言う。嘘をつく悪い子を、ママは怒っている。

「どうして」

翔太の声がかすれた。

「どうして、そんなことをするの？」

翔太が本当のことを言わないからよ。

ママは怒っている。

「本当だよ」

じゃ、タナカくんに電話をかけてみてよ。

「アドレスも電話番号も知らない」

また嘘だ。

連絡先くらい登録してあるでしょう？

「していない。タナカとはそこまで仲がよくない」

苦しそう。苦しいでしょう？　ママに嘘をつくのは苦しいでしょう？

認めなさい。嘘なんかつく権利は、あんたにはない。とことん追いつめてやる。

翔太は口もとをぐっと引き締めた。

しょうがない。しょうがない。逆らったってしょうがない。そうよ。あきらめなさい、
ママに嘘なんか通用しない。

スマートフォンを貸しなさい。

右手を差し出した。

「登録していないんだよ」

ママが確かめる。貸しなさい。

「していないったら」

ぴこん。

翔太のスマートフォンが鳴った。メッセージを受信したのだ。

胸の奥に、炎が噴き上げた。誰から？　今、別れてきたばかりの、あの女からじゃないの？

貸しなさい。

翔太に、一歩、近づいた。


信じられないことが起きた。

翔太が、すさまじい力で、突き飛ばしてきたのだ。

背後に弾《はじ》かれ、腰がテーブルに当たって、がたんと音がした。ばたばたばた、足音のあとで、バタンとドアが閉まる音。

すべてが遠い世界で起きたことのようだった。

玄関のドアが閉まる音。

翔太が家を飛び出していった、音。


信じられない。

信じたくない。

*

一時間が経った。

翔太は帰ってこない。

帰ってくる。帰ってくるしかない。行くところなんかない。ママと暮らすこの家しか、翔太の帰る場所はない。

あの女のところへ行く？　まさか。あの女はまだ中学生。親と住んでいるだろう。たとえ翔太が行ったとしても、必ず連絡が来るはずだ。

あの女の家へなんか、まさか。あいつと同じことを、翔太がするわけがない。

二時間が経った。

母親の家は隣りの区だ。そちらへ向かった可能性はある。翔太が行くかもしれないと、メッセージを送っておく。もしかしたら、妹のゆみ子の家に行きはしないか。ゆみ子の家はK県だが、遊びに行ったことは何度もあるのだ。ゆみ子にもメッセージを送った。

『来ていないよ。心配だね。警察へは連絡をした？』

母親からの気づかわしげな返信。ゆみ子からの返信もすぐに届いた。

『ケンちゃんに連絡をした方がいいんじゃない？』

あいつ？　何で？　関係ないじゃない、あいつなんか。翔太はあいつの住んでいるところは知らないよ。

『ケンちゃんを呼んで、話をしなよ。父親なんだからさ』

父親？　ほかの女と暮らして、何年も家庭を顧みずにいた男が、父親？

『実際、父親なんだから、しょうがないじゃないの』

しょうがない。しょうがない。

そんな言葉は聞きたくない。しょうがない、なんてことは、ない。

『しょうちゃん、パパに会いたいって、以前、言っていたよ』

知らない。そんなこと、翔太はママには言っていない。

『怖くて言えなかったんだよ』

ゆみ子とのやりとりは、そこで切った。

深夜。
十二時を過ぎた。翔太は帰ってこない。
帰ってこない。

朝の五時。
あいつに連絡をした。
そして、警察にも電話をかけた。

昼過ぎ。
母親からメッセージが来た。
『しょうちゃん、うちに来たよ』

＊

今から行く。
『今日のところは、そっとしておいた方がいいよ』
そんなわけにはいかない。どれだけ心配をしたと思っているの。

『お願いだから、待ってあげてよ。今しがた、ようやく寝たところなの。ひと晩じゅう、寝ていなかったんだってよ』

　こっちも同じ。寝ていないよ。誰が悪いと思っているの。

『気持ちはわかるけど、わかってあげてちょうだい。しょうちゃん、ずいぶん落ち込んでいた』

　ママに嘘をついて、暴力をふるって家を飛び出した。連絡も入れず、ひと晩帰ってこなかった。後悔をするのが当たり前だ。

『そうなったいきさつは詳しく聞いていないけどね』

　さっきの説明がすべて。翔太が悪い。

『でしょうけど、しばらく時間を置いた方がいいよ。しょうちゃん、家にはしばらく帰りたくないって言っている』

　さんざん心配させておいて、そんなわがままは通らない。

『ママとは話したくないって言っている』

　はい？

『パパに会いたいってさ。しょうちゃん、パパに助けてほしいんだって』

　眼の前が真っ赤になった、気がした。

＊

パパに助けてほしい？

助けって、なに？

その言い草はなに？　何なの？

なぜ、浮気をして家を出た、父親の資格なんかない男に頼ろうとするの？

ママをいじめて楽しいの？

「頼むから落ち着いてくれ」

翔太が悪い。でも、そもそもはあんたが悪い。

「わかった。俺が悪いのは、よくわかった。だから、落ち着いてくれよ」

冷静よ、ただちょっとだけ、割り切れないだけ。

「俺が翔太に会って、まるくおさまるなら、いいじゃないか」

まるくおさまる？　おさまるものか。

ママがいないと困るくせに。

ひとりで寝られない赤ちゃんのくせに。おっぱいをさわりたがるくせに。

可愛い？

可愛くなんかない。

よその女に眼移りをして、嘘をついて、裏切った。

許さない。

ぜったいに許さない。

「あの時計、止まっているみたいだなあ。電池が切れているんじゃないか？」

このあいだ交換したばかり。あんたが買ってきた時計だよ。ぜんぶあんたが悪いんだ。

「わかった。俺の責任だ。よくわかりました」

ぼさっとしていないで、翔太に会ってきてよ。会って、帰ってくるよう言い聞かせなさい。

「わかりました。どうにかして、元どおりにまるくおさまるよう、説得してみる」

元どおりにまるくおさまる？

おさめるものか。


許してもらえると、思う？

三

中谷里奈は、1DKのアパートのベッドの上で、咽喉の痛みに喘《あえ》いでいる。

呼吸すると、痛い。

胸が痛い。

＊

ケンちゃんが、家に帰った。

奥さんがいる家に帰った。

息子が家出をした？　本当？　奥さんが嘘をついて呼び戻そうとしているんじゃないの？

「本当なんだ。警察にも捜索願を出したと言っている」

だったら、警察に任せればいいでしょう。ケンちゃんが家に帰ったところで、何の役にも立たない。

「そういうわけにもいかない。父親なんだから、責任がある」

責任？　なにそれ？　これまでそんなもの放置してきたじゃない。

「奥さんもひとりじゃ心細いだろうしね」

心細い？　なにそれ？　これまでそんなこと言わなかったじゃない。

こんな風に、ひとりにされて心細いのは、私の方だよ？


戻ってきなさい。

戻ってきなさい。

戻ってきて、私の部屋にいなさい。


「息子が見つかったよ。おばあちゃんの家にいて、落ち着いている」

よかったね。これで一件落着でしょう？

「そうでもないんだ。家に帰るのは厭だと言い張っている。このままおばあちゃんのところにいたいとね」

それでいいじゃない。

「よくないよ。奥さんが納得しない」

そんなの、ケンちゃんには関係がない話。奥さんと息子さんの問題でしょう。

「関係がなくはない。息子は俺に助けを求めているんだ」

助けるって、どういう意味？

「そばにいてやりたい」

なにを言っているの、今さら。

父親。急にいい父親の意識がよみがえったんだね。

「やはり父親だからさ。責任がある」

私はどうでもいいの？

「無責任だったと思う。せめて今は、息子の力になってやりたい」

わかった。私は、どうでもいいってことね。よくわかった。

「そうじゃないよ。でも、今は息子の希望を優先したい」

＊

部屋のドアのノブに、輪に結んだフェイスタオルを引っかけた。ドアにもたれ、輪のなかに頭を入れる。

首吊りって、そんなにすぐには死なないらしい。絞首刑って、けっこう長いこと吊るしているんだよね。三十分？　一時間？

そのまま腰を落とす。咽喉が圧迫され、耳がじんじんと鳴り出す。ほかにはなにも聞こえない。

ドアがどんと押され、タオルが外れて、床に落ちた。

咳《せき》。

咽喉が痛い。

痛い。咳が止まらない。

*

誰かに電話をかけていたでしょう。誰？

「職場のパートさんだよ。今日は店を休む。あなたがこんな状態じゃ、俺は仕事に行けないでしょう？」

私が悪いの？

「違います。俺が悪いんでしょ。わかっていますよ」

どうしてそんな厭味な言い方をするの。

「奥さんも言っていたよ。みんな俺のせいだって。そうなんでしょう？」

奥さんがなにを言っていたかなんて、聞いていない。

「でもね、いくら俺のせいにされたって、俺以上のことはできないからね、俺は」

俺以上？　俺以上って、どういう意味？

「俺のせいで、奥さんは傷つき、息子は家出をし、あなたは自殺未遂をした。だけどね、俺は俺で精いっぱい、あなたたちの要求に応えてきたんだよ。でも、あなたたちは決して満足しない。あなたたちだっておかしいよ。あなたたちには見せているでしょう。俺は俺でしかない。足りないだろうし限界がある。それであなたたちが俺を見限るなら、俺は自由が欲しくなる。しょうがない話じゃないか」

自由？　自由ってなに？

「心くらい自由にしたい」

心だけ？

「そりゃ、相手が受け入れてくれれば、躰だって行っちゃうよ。しょうがないでしょ、それは？」

浮気の言いわけなの、けっきょく？

「言いわけだよ。だけどさ、俺だけが悪いの？」

ほかに好きな女ができたの？　さっきの電話の相手はその女？

「違う。だけどね、そうなったところで、しょうがないじゃない。あなた、気に入らないことがあると、さんざん俺を無視してきたでしょう？」

彼氏は甘えるばかりだし、里奈の鬱屈は溜まるばかりだ。突き放して、考えさせた方がいい。

忠告してきたのは、誰だったっけ？

「話ができない。そうなったらおしまいだよ。俺が悪いなら、ちゃんと言いなさいよ。言ってくれなきゃわからない。他人なんだからさ」

他人？

一緒に住んでいるのに、そんな言い方をするの？

「一緒に住んでいようが、夫婦だろうが、他人は他人でしょう。なにも言わなくてもわかれ、なんて、無理に決まっている」

わかって当然じゃない。何度も言っていることだよ？　何度も、何度も。

「何度言われようが、わからないものはわからないんだから、しょうがないでしょう。それが俺なんですよ」

そうやって開きなおるの？

「開きなおるしかないよ。俺は俺以上の何者でもない。それが気に入らないなら、おしまいにするしかないでしょう？」

かつて、ケンちゃんは、言っていた。

しあわせにしてあげたいなあ。

言っていたのに、確かに。

「わかってください。とにかく、息子の様子は明日も見にいく。頼みます。おかしな真似はもうしないでください」

出ていくの？

そうして、ちゃんと戻ってくるの？

戻ってきなさい。

戻ってきなさい。

戻ってきて、私の部屋にいなさい。

＊

数時間後。

部屋の明かりを落として、ケンちゃんは寝た。

窓のカーテンは半開き。外から街灯の光が差し込んで、室内は薄闇。

里奈は起き上がり、ベッドから出て、ケンちゃんの寝顔を見下ろす。疲れて老いたおじさんの寝顔。年齢ばかり重ねているわりに、中身はまったく老成していない、身勝手なおじさん。

だけど、里奈には、ケンちゃんしかいない。

友だちもいない。親兄弟とも疎遠。どんなに関係がこじれようと、里奈にはケンちゃんしかいない。

本当に、ケンちゃんが出ていったまま、戻ってこなかったら？

ベッドの下、ケンちゃんが寝ているマットのすぐ脇に、フェイスタオルが落ちている。さっき里奈が使ったフェイスタオル。


明日になれば、出ていく気よね。

自由がどうとか言っていたけど、戻ってくるの？

ほかに好きな女ができたところで、しょうがないって、言ってもいたよね。

息子と奥さん。父親の責任。うまいことを言って、もとの鞘《さや》におさまるつもりなのかもしれないよね？

戻ってこなかったら、どうすればいいの？

行かせやしない。

ケンちゃんの首にフェイスタオルを巻きつけ、躰の上に馬乗りになって、思いきり絞めた。

ケンちゃんが、ぐうう、って声を出した。

前のめりになって、両手に渾身《こんしん》の力をこめた。

ケンちゃんの躰が動く。まだ動いている。

力を入れる。手がしびれる。

絞首刑って、長いこと吊るしてるんだよね。三十分だっけ、一時間だっけ？

今、何分くらい経ったのかな。


しあわせにしてあげたいなあ。

そんなことを言ってくれたのは、ケンちゃんがはじめてだった。

しあわせになりたかったのだ。それだけだ。

自由？

そんなもの、許すはずがないじゃないか。ぜったいに厭だ。里奈には、ケンちゃんしかいないんだ。

戻ってきなさい。

戻ってきなさい。

戻ってきて、私の部屋にいなさい。ずっと。永久に。

タオルの内側で、ケンちゃんの首が、鈍い音を立てた。

四

西森ユカは、お好み焼き屋『てっぱん』の前に立っている。

シャッターは下りたまま。もう何日も前からのものらしく、うっすら汚れた貼り紙がしてある。

「店主都合により本日休業」

立野マリも匂わせていたけれど、あの男の身辺になにかあったらしい。しかし、立野マリに連絡をして聞き出すつもりはない。また子どもがどうとか言われたら面倒だ。あの女、だいぶヤバいもの。

高林みさ子に直接訊くか。そうしたらそうしたで、またみっちり息子の話につき合わされて、面倒くさそうだけれど。

お店はいつまで休む気なんだろう。

『てっぱん』の従業員から聞き出してみれば、事情がわかるかもしれない。あのおばちゃん、左右田ちか江といったっけ。

西森ユカは、スマートフォンの画面を見る。位置情報。とりあえず、あの男は動いていない。中谷里奈のアパートにいる。

毎日、毎日、確かめては、不思議と安堵する。あの男の現在地。

うん。じっとしている。ひょっとしたら、ほかの女に眼移りしているのがばれて、外出を禁じられ、アパートに閉じ込められているのかもしれない。

中谷里奈は、そのくらいはしかねない。ヤバい女だものな。

それにしても、みんな、日に日にヤバさが進化していくよね。この場合、進化じゃなく、退化かな。それとも、悪化といった方が正しいか。見ていてひやひやするくらい。

ぜんぶ、あの男が原因だ。あんな男に関わるからいけない。

あの男のせいで、私も。

歩きはじめた西森ユカの背後から、冷たい風が吹きつけてくる。

だいぶ寒くなってきた。そろそろ本格的な冬になる。

終　章

今日のお客は、飯塚あやという女性だった。

「いい雰囲気のお店ですね」

初対面の飯塚あやは、緊張気味の頬をゆるめながら言った。

「私、喫茶店が好きなんです。とくに懐かしい感じのこういうお店、大好きなんですよ」

「いかにも昭和な店でしょう」

四角いガラスがはまった木の扉。カウンター五席と四人掛けボックス二つ。全体がコーヒー色に染まったようなオーク材の内装。

「母親が経営しています」

飯塚あや。ホームページから予約のメールを送ってきた初回のお客に向かって、占い師のサラはお決まりの説明をする。

「あちらにいらっしゃるのが、サラさんのおかあさんですか？」

母親はカウンターの奥から、ボックス席にいるサラと飯塚あやの方をそれとなく見ている。

「そうです。なにか飲みますか?」

サラが差し出したメニューを、飯塚あやはじっと見つめる。メニューを見もせず、コーヒーや紅茶を頼むお客も少なくないのだが、飯塚あやは熟考派のようだ。サラは内心頷いた。昨日、占った結果のとおりである。

「コーヒーをいただけますか。ホットで」

しばしの間ののち、飯塚あやは無難な選択をした。

「コーヒーをふたつ、お願い」

サラは、母親に声をかけた。

「じゃ、さっそくはじめましょうか」

メニューを脇に置き、占い結果の紙を出す。飯塚あやは身を乗り出した。

「読み取れたあなたの性格や恋愛傾向、金銭と健康はここにメモしておきました」

飯塚あやから前もって聞いておいた生年月日と出生時間、出生地から割り出した星の位置。占断したこまかい特徴を、ざっと箇条書きにしてある。

「これが私の星図なんですね」

飯塚あやは紙を食い入るように見つめる。わりと占い慣れしているみたいだ、とサラは思った。

「性格は慎重。なにごとについても熟慮のすえ行動に移す。当たりですね」

飯塚あやは頷き、サラも頷く。熟慮の結果、間違った行動をとることも少なくない、という点は、書いていない。お客に見せるメモにはマイナス部分をなるべく省くようにしている。とくに初回のお客の場合は、そうしている。

「争いは好まず、波風を立てないよう、つねに周囲に気を遣う。しかし不正や不誠実は受け入れない。こうと決めたら融通が利かず、引き返せない」

ふだんは意見も言わないでやり過ごしているが、気に食わないことが起こると誰の声にも耳を貸さなくなる。そこは書かなかった。

「引っ込み思案で積極性に欠ける。押しに弱い。恋多きタイプではなく、ひとたび好きになったら一途に相手を想う。当たりだなあ」

母親が、コーヒーを二つ、席に運んできた。

「ありがとう」

母親は、目配せをして、微笑した。商売繁盛、よかったね。との意味だろう。

占い業は、このところ順調だ。新規の客はもちろん、リピーターも増えている。個々のお客の占断結果、お客に渡しているメモのコピーは、だいたい保存してある。その数が増えに増えて、置き場所に困るくらいになってきた。サラは、整理整頓が得意な性質ではない。お得意になってくれたお客のデータは別にしてファイルに入れておくようにしているが、一回きりの客の占い結果を見直すことなどほとんどない。

飯塚あや。

はじめてのお客だ。記憶力にぜったいの自信がある、とはいえないが、占いを通して会っていれば忘れはしない。間違いない。

しかし、なぜだろう。占うのがはじめてだという気がしなかった。

「サラさん、あのう」

飯塚あやが、眼を上げて訊く。

「これって、誕生日や出生地からわかった結果なんですよね？　世のなかには、私とまったく同じひともいたりするんですよね？」

ぎょっとした。まさに今、考えていたことだったのだ。

「そうですね。いるでしょうね」

飯塚あやと誕生日や出生地が同じ人間。いた。ような気がする。この既視感はそのせいだろう。

「そのひとと、私は、同じ結果になるんですか？」

「近い結果は出るであろう、と思いますね」

サラは言葉を慎重に選びながら答えた。

「でも、まったく同じということはないですよ。たとえば双子だって、生まれついて持つ星は同じでも、運命は違ってくるものです」

「そうなんですか」

飯塚あやは、いくぶん安堵したように見えた。

「そのひとの選択とともに、日々変わる。そういうものです」

「そうなんですね」

飯塚あやは、意を決した風に、言った。

「実は、以前、友だちもサラさんに見てもらったことがあるんです」

「友だちのご紹介でしたか？」

「違います。私は私で、サラさんに占ってもらおうと決めていたんです。友だちも、当たっていたって驚いていました」

いつ？　誰だろう？

「友だち、あんまりよくない男とつき合っていて、占ってもらったらやっぱり悪い結果が出たんです。でも、なかなか別れきれなかったみたいです」

「そんなものですよね」

何という名前だろうか。訊ねてみたくはあったが、自分からは訊かない方がいい気がする。

「未来も運命も、刻々と変わる。友だちもサラさんに言われたって言っていました」

　飯塚あやは、友だちの名前を言おうとはしなかった。

「そう。たとえば三ヵ月後には、また違う未来と運命が見えるはずです」

「運命って、変えられるんですよね」

「変えられますし、変わります。その気になれば、変えられます」

「友だちも、サラさんにそう言われたそうです。でも、すぐには別れられなかった」

「それも運命です。そちらの運命を選んでしまったわけですね。しょうがないですよね」

「しょうがない、って、友だちも言っていました。でも、彼女が選んだ道は明らかに悪いんですよ。向こうは逃げているのに、彼女はあきらめない。毎日、スマートフォンで彼氏の動向を見張っているんです。今日はどこかへ出かけた。今日はこんなに金を使った。いちいちチェックしては一喜一憂していた」

「ストーカーみたいですね」

「みたい、というより、ストーカーそのものです」

「ヤバくないですか、それは」

「ヤバいですよね。でも、やめられないんです。いつかも言っていました。このごろは彼氏がまったく動かないから安心して一日が過ごせている、ですって。どうかしていますよね」

「まったく動かない？」

「おかげで友だちは心穏やかなようです」

動かないって、それはそれで穏やかではなくないか？

思ったが、飯塚あやは気にならないようだった。

「ストーカーをしているうち、彼氏の奥さんとか新しい彼女とも知り合いになっちゃって、けっこう親しくしているんですよ。変ですよね」

「おもしろいひとですね」

「奥さんからは、息子さんの話ばかりされるみたいです。彼氏が出ていってからは最愛の存在だったのに、反抗期で家出をしちゃって、息子さんはずっとおばあちゃんの家で暮らしているとか。奥さん、彼氏が家を出たときよりつらそうなんですって。そんな悩みを延々と聞かされて、なにをやっているんだろうって思いますよ、友だち」

「つき合いがいいんですね、お友だち」

「彼氏の新しい彼女とは、このごろ連絡がつかないから気になるって言っていました」

「連絡がつかない方が普通ですよね」

「まあ、彼氏は動かないんだし、問題はないでしょうけど」

問題はない？　そうかなあ。サラは首を傾げる。

「おかあさんのコーヒー、おいしいです」

「それはよかった。伝えておきます」

コーヒーはおいしいんですよ。でもね、コーヒー以外はあんまりおいしくない。選ばなくて正解でした。

たまにうっかり頼んじゃうお客がいるんだけどね。そういうお客って、やはりほかの面でも、間違った選択をしちゃうのかもしれないな。

動かない男を見続けているのか。

動かないって、どういうことだろう。


脳裏に浮かんだ。

占いカードの牛の頭蓋骨。


続いて、自身の恋愛について占ったのち、飯塚あやは帰っていった。

＊

「神林さんの娘さん、占ってあげてよ」

母親から囁かれて、サラはうんざりした。

「また？」

母親の口利きは、お友だち価格、なのだ。しかも、ひどく安い。半値以下だ。

「あんたの占い、当たるって評判なんだもの」

そう思うなら、ちゃんと正規のお値段を払ってほしい。しかし、ただでお店を使わせてもらっている身。強く要求もできない。しかも父親と離婚後、女手ひとつで苦労をして自分を育ててくれた母親だ。

サラは、父親を知らない。

会いに来た記憶もない。会いに来る資格はない、と母親は言った。それほどひどい男だったらしい。

頭が上がらない。

「占いって、どんなことでもわかっちゃうのねえ」

機嫌を取るように、母親が言う。

「どんなことでもわかるわけじゃないよ」

サラはむっつりと応じる。

「未来がはっきり見える占いなんてない」

「でも、みんな当たるって喜んでいるもの。未来はともかく、過去は当てているんじゃないの。いつだったかの占いは、私も感心した」

言いながら、母親はリモコンを取り上げ、カウンターの隅にあるテレビをつけた。いつも観ている夕方のニュースの時間なのだ。

「いつだったかって、いつの話よ？」

お友だち価格の占いは、メモも残さないので、サラも忘れている。

「吉川《よしかわ》さんに頼まれたやつだったかな？」

母親は曖昧に首を傾げてみせた。

テレビでは、殺人事件の報道が流れていた。

小さなアパートの外景。その一室で、男性の遺体が発見された、とアナウンサーが言っている。

容疑者は、その部屋の住人である三十代の女性。

「吉川さんだった？」

サラは、何となく思い出した。

昔、つき合っていたか、結婚していたとかいう、ある男の占いだった。ふらふらと落ち着きがなく、叱られれば素直に耳を貸すが、改善はされず。悪気もないが責任感もなく。

結論としては、別れて正解。

「死後何週間も経っていたって、死体と暮らしていたんだ、この犯人」

吉川さんの占いだったっけ？　本当に？

サラは、思い出しそうで、思い出さなかった。
その男のことは、もう一度、占った。
けれど、生年月日が同じ人間なんて、たくさんいるのだ。
思い出しそうで、思い出さなかった。

牛の頭蓋骨のカード。
カードの意味は、死。

＊

彼女は、今日も彼の動向のチェックをする。
ずっと動かなかったが、今日は、動いた。
彼女は、彼を追う。
どこへ行ったの？

警察署？

本書は、「Ｗｅｂ集英社文庫」にて二〇二三年一月〜二〇二四年四月に連載されたものを加筆・修正したオリジナル文庫です。

本文デザイン／中川堅吾

加藤元の本

本日はどうされました？

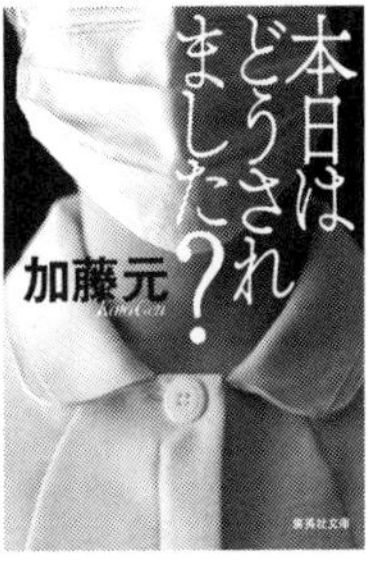

E病院で入院患者の連続不審死が発生。疑いは一人の女性看護師に向けられるが……。集団社会に潜む人間の悪意を描く長編ミステリー。

集英社文庫

加藤元の本

四百三十円の神様

夜明けの牛丼屋。バイトの岩田のもとに、派手な女が転がり込んできた。助けてと懇願する彼女に一体何が!? 心を揺さぶる、注目女性作家の珠玉短編集。

集英社文庫

集英社文庫

彼女《かのじょ》たちはヤバい

2024年7月25日　第1刷　　定価はカバーに表示してあります。

著　者　加藤《かとう》　元《げん》

発行者　樋口尚也

発行所　株式会社　集英社

東京都千代田区一ツ橋2-5-10　〒101-8050

電話　【編集部】03-3230-6095

【読者係】03-3230-6080

【販売部】03-3230-6393（書店専用）

印　刷　中央精版印刷株式会社　株式会社美松堂

製　本　中央精版印刷株式会社

フォーマットデザイン　アリヤマデザインストア　　マークデザイン　居山浩二

ISBN978-4-08-744676-0 C0193